Dŵr Dwfn

Conn Iggulden

Addasiad
Elin Meek

Gomer

Cyhoeddwyd yn wreiddiol yn Saesneg
gan Harper Collins, 2006

Argraffiad Cymraeg cyntaf – 2006

ㄴ08714   ISBN 1 84323 689 3
F- K9   ISBN-13 9781843236894

QUICK READ ⓗ Conn Iggulden a Gwasg Gomer

Mae'r cynllun Stori Sydyn yn fenter ar y cyd rhwng yr Asiantaeth
Sgiliau Sylfaenol a Chyngor Llyfrau Cymru. Ariennir y llyfrau gan yr
Asiantaeth Sgiliau Sylfaenol fel rhan o Strategaeth Genedlaethol
Sgiliau Sylfaenol Cymru ar ran Llywodraeth Cynulliad Cymru.

Argraffwyd yng Nghymru gan
Wasg Gomer, Llandysul, Ceredigion

Pennod 1

Ro'n i'n sefyll yn y dŵr ac yn meddwl am foddi. Mae'n rhyfedd fel mae'r môr yn fwy llonydd yn y nos. Dw i wedi cerdded ar hyd traeth Aber gannoedd o weithiau yn ystod y dydd. Mae'r tonnau yno bob amser, yn llithro'n ôl a blaen. Ond yn y nos mae'r dŵr yn llyfn a du. Dim ond sŵn hisian wrth i'r dŵr daro'r cerrig. Does dim i'w glywed yn y dydd, gyda holl sŵn y gwylanod a phlant yn sgrechian. Ond yn y nos mae'r môr yn sibrwd, ac yn galw.

Roedd y tonnau'n llyfu defnydd fy siwt ddu orau, yn codi ac yn disgyn yn dawel. Roedd y dŵr yn fy nhynnu i lawr ac yn gwneud i mi deimlo'n drwm. Doedd gwynt oer Aber ddim yn brathu cymaint. Neu efallai mai fi oedd yn methu teimlo dim. Gorau i gyd. Ro'n i wedi treulio gormod o amser yn meddwl a nawr dim ond un dewis oedd ar ôl: cerdded i mewn i'r tywyllwch dwfn.

Clywais sŵn traed yn crensian ar y cerrig mân. Ond wnes i ddim troi fy mhen. Fyddai pobl yn cerdded eu cŵn neu'n dod o'r tafarnau ddim yn sylwi arna i yn y siwt dywyll. Roedd criw yn sefyll wrth y pier yn gweiddi nerth eu pennau ar ei gilydd. Ond doedd dim ots am hynny. Ro'n i'n mwynhau sefyll yn y môr, yn fy nillad. Ro'n i wedi gadael y tir, gyda'r holl sŵn a'r golau a sglodion wedi'u taflu yn eu papur soeglyd. Roedd blas cas yn fy ngheg, ond do'n i ddim yn teimlo'n ofnus nac yn euog, ddim o gwbl. Pan glywais ei lais, ro'n i'n meddwl mai atgof oedd e.

'Dyw pethau ddim yn dda os wyt ti'n sefyll mas fan'na ar noson fel heno!' Llais fy mrawd mawr. Yn sydyn, teimlais yn nerfus ar ôl methu teimlo dim. Ro'n i wedi bod yno ers oriau. Ro'n i'n barod i gerdded i mewn i'r dŵr dwfn nes i'r dillad fy nhynnu i lawr. Wedyn chwythu allan a gweld y swigod yn rhedeg drwy'r dŵr. Ro'n i'n barod, a dyma'i lais yn fy nhynnu 'nôl. Yn union fel lein bysgota wedi bachu yn fy siaced.

'Os ei di i mewn nawr, byddwn ni'n dau yn boddi,' meddai. 'Bydd rhaid i fi ddod ar dy ôl di, ti'n gwybod hynny.'

'A falle mai dim ond un ohonon ni ddaw mas,' atebais. Roedd fy llais yn gras. Clywais e'n chwerthin. Allwn i ddim troi i'w wynebu. Roedd e wastad wedi codi ofn arna i. Wrth droi, byddai'n rhaid i mi edrych yn ei lygaid. Clywais ef yn chwerthin yn dawel.

'Falle wir, Teg. Efallai mai ti fyddai fe.'

Meddyliais am fachgen roedd y ddau ohonon ni wedi'i nabod. Hen fachgen cas. Llywelyn Bowen oedd ei enw, ond bod pawb, gan gynnwys ei fam, yn ei alw'n Llew. Dw i'n gallu gweld ei hwyneb hi yn yr angladd, yn wyn fel sialc. Ro'n i wedi bod yn sefyll yn y glaw ar lan y bedd, yn gwylio'r arch yn mynd i lawr i'r twll. Dw i'n cofio meddwl tybed a oedd hi'n gwybod bod ei mab wedi bod yn ein bwlian ni.

Hoffi bod yn greulon i rywun roedd Llew, yn fwy na rhoi poen. Ei hoff dric oedd gwasgu person ar y ddaear a chodi ei goesau'n dynn dros ei ben fel ei fod yn methu cael ei anadl. Pan wnaeth c hyn i fi, dw i'n cofio ei wyneb e'n mynd yn goch yr un pryd â fy wyncb i, a'r gwaed yn curo yn fy nghlustiau. Er mai dim ond plentyn o'n i, ro'n i'n gwybod bod rhywbeth yn rhyfedd am y ffordd roedd e'n mynd mor boeth a llawn cyffro. Fel dyn, mae meddwl am fethu gwneud dim mewn sefyllfa fel'na'n gwneud i mi deimlo'n ofnadwy.

Dw i'n credu mai fy mrawd laddodd e. Dw i erioed wedi mentro gofyn ond roedden ni wedi edrych ar ein gilydd wrth i'r arch fynd i lawr i'r twll rhyngon ni. Cyn i mi allu edrych i ffwrdd, roedd e wedi rhoi winc i mi, a minnau wedi cofio'r holl bethau creulon roedd e wedi'u gwneud.

Roedd Llew Bowen wedi boddi mewn llyn yn ddigon pell o Aber. Roedd e fel byd arall. Roedd fy mrawd wedi ei herio fe i groesi'r llyn. Roedd hi'n ddiwrnod rhewllyd, a'r dŵr yn ddigon oer i droi'r croen yn las. Roedd fy mrawd wedi llwyddo i gyrraedd yr ochr draw, lle roedd criw ohonon ni'n crynu wrth i ni aros. Daeth allan o'r llyn yn edrych fel dyn rwber. Wedyn, cerddodd yn araf a thrwm cyn pwyso ar graig a chwydu hylif melyn dros ei draed noeth.

Dw i'n credu mai fi oedd y cyntaf i wybod. Ond edrychais gyda'r lleill, gan ddisgwyl gweld pen coch Llew'n codi i'r lan. Deifwyr ddaeth â'i gorff e 'nôl yn y diwedd ar ôl chwilio am dair awr. Roedd hi'n brysur wrth y llyn. Roedd yr heddlu wedi siarad â phawb, a 'mrawd wedi bod yn llefain. Roedd y deifwyr wedi ein rhegi ni. Nhw oedd y rhai oedd yn gorfod chwilio am blant wedi boddi ar ddiwrnodau oer. Roedd eu geiriau'n ein chwipio ni wrth i ni grynu mewn blancedi coch garw.

Ro'n i wedi gwrando ar fy mrawd yn siarad â

nhw. Ond ddwedodd e ddim o werth. Doedd e ddim wedi gweld dim yn digwydd, meddai. Dim ond ar ôl cyrraedd yr ochr draw roedd e wedi meddwl bod rhywbeth yn bod. Byddwn i wedi'i gredu fe, ond roedd e wedi gweld Llew yn rhoi dolur i fi'r diwrnod cynt.

Does neb byth yn siŵr pryd yn union mae stori'n dechrau, oes e? Roedd Llew wedi penderfynu rhoi cosb arbennig i mi, am dorri rhyw reol oedd ganddo. Ro'n i wedi bod yn llefain pan ddaeth fy mrawd heibio a dyma Llew yn gadael i mi fynd. Doedd dim un ohonon ni'n siŵr beth fyddai e'n ei wneud, ond roedd rhywbeth caled am fy mrawd. Roedd e hyd yn oed yn codi ofn ar fechgyn fel Llew. Wrth iddo weld llygaid tywyll fy mrawd Dewi a darnau gwyn ei wyneb lle roedd y croen yn dynn dros yr esgyrn, gadawodd i fi fynd ar unwaith.

Roedd y ddau wedi edrych ar ei gilydd a 'mrawd wedi gwenu. Y diwrnod wedyn, roedd Llew Bowen yn gorff oer a glas ar lan llyn Nant-y-moch. Fentrais i ddim gofyn y cwestiwn. Roedd e wedi pwyso'n drwm ar fy stumog. Ro'n i'n teimlo'n euog am 'mod i'n rhydd. Ro'n i'n gallu cerdded heibio i dŷ Llew heb fod arna i ofn y byddai'n fy ngweld ac yn dechrau fy nilyn. Hen fachgen cas oedd e, ond doedd e ddim yn yr un cae â 'mrawd. Dim ond ffŵl fyddai wedi ceisio nofio ar ddiwrnod oer ym mis Tachwedd. Dim ond bachgen ac arno ofn pysgodyn mwy na fe ei hunan hyd yn oed.

Yn nhywyllwch bola buwch y traeth yn Aber, dechreuais grynu gan oerfel. Wrth gwrs dyma fe'n sylwi, a chlywais ryw chwerthin yn ei lais wrth iddo siarad.

'Maen nhw'n dweud nad yw pobl sy'n lladd eu hunain yn teimlo poen. Glywaist ti 'na erioed, Teg? Maen nhw'n torri eu hunain, ond dyw'r cachgwns ddim yn teimlo dim. Dim ond meddwl am eu problemau eu hunain maen nhw. Alli di gredu hynny? Rhyfedd o fyd.'

Do'n i ddim wedi teimlo'r oerfel o'r blaen. Ro'n i'n meddwl mai teimlo dim ro'n i, ond daeth y cyfan drosto' i ar unwaith, fel tasai'r gwynt yn rhwygo drwy'r cnawd. Roedd fy nhraed o dan y dŵr yn boenus o oer, a'r boen yn cnoi esgyrn fy nghoesau. Croesais fy mreichiau dros fy mrest a daeth y cyfan yn ôl. Byddwn wedi rhoi'r byd am deimlo dim. Dim ond ofn a chywilydd oedd y dewis arall.

'Wyt ti'n mynd i ddweud wrtha i pam mae 'mrawd bach dewr yn sefyll yn y môr ar noson mor oer?' meddai wedyn. 'Mae'r gwynt yn rhewi 'ngherrig i fan hyn, felly Duw a ŵyr sut rwyt ti'n teimlo, Teg. Fe fyddwn i wedi dod â chôt taswn i'n gw'bod.'

Teimlais ddagrau ar fy mochau a meddwl tybed pam nad o'n nhw'n rhewi.

'Mae rhai pethau na alla i ddim mo'u dioddef mwy,' meddwn, ar ôl tipyn. Do'n i ddim eisiau siarad am y peth. Ro'n i eisiau teimlo'n dawel fy meddwl, fel ro'n i'n teimlo cyn iddo fe gyrraedd. Roedd fy mhledren wedi llenwi heb i mi sylwi, a nawr roedd hi'n gwasgu arna i. Roedd pob rhan o'r corff oedd wedi bod yn cysgu, newydd ddihuno ac yn gweiddi am sylw, am wres. Pa mor hir ro'n i wedi bod yn sefyll yn y dŵr?

'Mae rhywun ar fy ôl i,' meddwn yn dawel. Chlywais i ddim ateb a do'n i ddim yn gwybod a oedd e wedi 'nghlywed i ai peidio.

'Pa mor wael mae pethau?' gofynnodd, ac am eiliad wallgof ro'n i'n meddwl mai gofyn am yr oerfel roedd e.

'Alla i wneud dim am y peth,' meddwn, ac ysgwyd fy mhen. 'Alla i . . . alla i ddim stopio'r peth.' Daeth mwy o ddagrau ac o'r diwedd dyma fi'n troi i wynebu'r dyn oedd yn frawd i mi. Roedd croen golau ei wyneb yn dal yn dynn dros ei esgyrn a'i wallt yn fyr a thywyll. Roedd rhai menywod yn meddwl ei fod e'n olygus ac yn methu cadw draw oddi wrtho.

Ond doedd e byth yn aros gydag unrhyw un yn hir. Roedd hi'n amlwg o weld ei wyneb caled a'i lygaid craff ei fod e'n greulon. Ond fi oedd yr unig un fyddai'n meddwl hyn. Ei fersiwn bersonol e roedd gweddill y byd yn ei weld. Roedd e wedi dod â chôt, sylwais, er iddo ddweud yn wahanol. Roedd ei ddwylo'n ddwfn yn y pocedi.

'Gad i fi helpu,' meddai. Roedd y lleuad yn rhoi digon o olau i mi weld y cefndir o gerrig llyfn yn codi y tu ôl iddo. Dylai'r holl gerrig fod wedi gwneud iddo edrych yn fach a disylw. Ond roedd e'n dal i edrych yn gadarn fel derwen. Doedd y dyn oedd yn frawd i mi byth yn amau ei hunan na byth yn teimlo'n euog. Doedd dim llais bach yn ei boeni fe fel pawb arall. Ro'n i'n gwybod hynny. Ro'n i wedi ofni y byddai'n cynnig helpu, ond pan gynigiodd e, teimlo rhyddhad wnes i.

'Beth alli di wneud?' meddwn.

'Fe alla i ei ladd e, Teg. Fel gwnes i o'r blaen.'

Allwn i ddim siarad am funud. Do'n i ddim eisiau gwybod. Dechreuais weld Llew Bowen yn mynd i drafferth wrth nofio mewn dŵr rhewllyd. Roedd fy mrawd yn nofiwr da. Fyddai hi ddim wedi bod yn anodd iddo ddal Llew o dan y dŵr, a gwneud iddo flino. Ychydig o sblasio ac yna nofio'n rhwydd i'r lan. Cyrraedd fel petai wedi blino'n lân. Efallai ei fod e yn wir wedi blino'n lân. Efallai bod Llew wedi ceisio ymladd.

Edrychais yn llygaid fy mrawd a gweld yr holl flynyddoedd rhyngon ni.

'Dwed wrtha i,' meddai.

Pennod 2

Doedd Dewi Treharne ddim yn ddyn oedd yn codi ofn wrth gwrdd ag e y tro cyntaf. Yn wir, pan ges i fy rhoi i eistedd wrth ei fwrdd e mewn parti Nos Galan, sylwais i ddim yn iawn arno fe i ddechrau. Roedd e'n fyr a chryf, fel bocsiwr. Clywais wedyn ei fod e'n arfer bocsio. Roedd e'n dal i sefyll fel bocsiwr ac roedd ganddo groen golau oedd yn cochi'n rhwydd. Roedd gafael dda ganddo a gwallt coch. Dyna'r cyfan sylwais i arno cyn tynnu'r cracers a cheisio cofio pam ro'n i'n eistedd gyda phobl ddieithr ar noson i'r teulu. Do'n i ddim yn meddwl ei fod e'n beryglus. A doedd e ddim ar y pryd, ddim i fi. Dw i wedi cwrdd â llawer o ddynion fel fe dros y blynyddoedd ac, fel arfer, ar ôl siglo llaw â nhw, byddan nhw'n anghofio pob dim amdana i. Dw i ddim o'r un anian â nhw. Dw i'n rhy ddiniwed iddyn nhw, falle, a fyddan nhw byth yn gwneud dim â fi. Gallwn i geisio creu mwy o argraff, ond does dim amynedd gyda fi â'r holl ffws a ffwdan, yn enwedig rhwng dynion. Efallai bod hynny wedi gwneud drwg i fi.

Roedd fy ngwraig Carol yn cymysgu â'r gwragedd eraill, yn ceisio pwyso a mesur ei gilydd wrth drafod arian, plant ac addysg. Dw i wedi gweld menywod pert sy'n codi gwrychyn menywod eraill o bell, ond fydd neb byth yn sylwi ar Carol. Mae'n gwisgo'n smart bob amser ac mae'n un o'r menywod 'ma sy'n gallu dewis tlysau pert, felly mae'n edrych yn dda. Duw a'n gwaredo ni rhag menywod hardd. Mae gormod o fanteision gyda nhw.

Unwaith neu ddwy dw i wedi'i gweld hi'n rhoi gwên breifat, yn edrych neu'n wincio, neu'n rhoi rhyw arwydd bach sy'n dweud 'o leiaf r'yn *ni*'n deall ein gilydd' wrth rywun cwbl ddieithr. Mae'n gwneud i fenywod deimlo'n ddiogel, ond mae hynny'n gweithio hefyd gyda dynion. Fel arfer dw i'n gweld y cyfan yn digwydd yn fuan iawn. Y cyffwrdd bach ffwrdd â hi i ddechrau, yna'r sefyll yn rhy agos. Ac yn y diwedd, eu gweld nhw'n gyrru heibio wrth i mi gerdded adref. Does dim mor ddiflas â syllu i mewn i gar wrth iddo fynd heibio yn y glaw. Ro'n i'n arfer dadlau â Carol. Unwaith, pan o'n i'n dal i boeni am y peth, bues i'n ymladd â dyn ar borfa wlyb tan iddo gropian i ffwrdd, a finnau wedi torri 'nhrwyn. Mae'n syndod fod gwaed fel glud pan fydd e wedi rhedeg dros ddwylo dyn.

Fyddwn i ddim wedi dewis priodas fel'na fy hunan. Ro'n ni'n arfer gweiddi ar ein gilydd, a dwywaith ces i fy nghloi mas o'r tŷ. Efallai y dylwn i fod wedi gadael, ond wnes i ddim. Dyw rhai ddim eisiau gadael a dyna ni. Alla i ddim rhoi gwell rheswm na hynny. Ro'n i'n ei charu bryd hynny. Dw i'n ei charu hi nawr. Dw i'n gwybod ei bod hi'n ofni cant a mil o bethau – mynd yn hen, cael plant. Dw i'n dweud wrthyf fy hunan ei bod hi'n cymryd y dynion 'ma i'n gwely ni pan fydd hi'n llawn gofidiau. Mae celwydd fel'na'n helpu mwy na'r disgwyl. Y dyddiau hyn fydda i byth yn gofyn pan na fydd hi gartref yn ystod y nos. Dw i ddim yn gadael iddi ddod i'r gwely tan iddi olchi'r arogl gwahanol oddi ar ei chorff. A rywsut, r'yn ni'n cadw i fynd, flwyddyn ar ôl blwyddyn. Dw i'n ei charu hi ac yn ei chasáu hi ar yr un pryd. Mae rhywun nad yw'n deall hynny'n amlwg yn lwcus.

Ro'n i'n ddwy ar hugain pan es i gyda Carol i glwb nos. Dw i wedi ei 'nabod hi erioed. Roedd fy mrawd gyda ni ac roedd rhyw ferch fach bert o'r enw Rhian ar ei fraich e, merch oedd yn dawnsio bob nos Sadwrn yn y clwb. Doedd hi ddim yn cael ei thalu, ond ro'n nhw wedi codi llwyfan iddi a phawb yn mwynhau ei gweld hi'n symud yn dda.

Roedd y clwb bron yn dywyll bitsh a'r gwres a'r gerddoriaeth yn drwm. Pan fyddai cyfle i anadlu, byddai peiriant rhew sych yn dechrau chwydu mwg gwyn a thagu pawb. Buon ni'n meddwi ar Felinfoel, a phan ddaeth y gân iawn, dyma ni'n dringo ar y llwyfan i ddawnsio gyda Rhian. Roedd y llwyfan yn fwy na'r disgwyl ac roedd pobl yn erbyn y wal y tu ôl i ni wrth i ni guro ein traed a'n dwylo. Roedd hi'n boeth uffernol a doeddwn i ddim yn gwisgo crys. Ond ro'n i'n ddigon main ac ifanc i beidio â phoeni am beth roedd pobl yn ei feddwl.

Dw i'n dal i gofio rhannau o'r noson honno bob hyn a hyn. Dw i'n cofio cariad fy mrawd yn troi ei phen, a'i gwallt yn chwipio fy mrest a'm hysgwyddau. Ro'n i wedi dwlu ar hynny.

Cododd dyn oddi ar y wal gefn a gofyn i Carol ddawnsio. Roedd e'n fyr a main ac yn symud 'nôl a blaen rywfaint wrth sefyll. Ro'n i'n gallu gweld ei fod e'n feddw. Do'n i ddim yn meddwl ei fod e'n berygl, yn union fel methais i weld perygl Dewi Treharne y noson gyntaf honno. Dyna fy mhroblem i, falle. Dw i ddim yn gallu nabod pobol sy'n beryglus.

Dyma Carol yn ysgwyd ei phen yn garedig a phwyntio at ei gŵr annwyl; sori, mae rhywun gyda fi, ti'n gwybod fel mae hi. Syllodd e draw cyn codi'i ysgwyddau a cherdded i ffwrdd. Dyna ddiwedd ar y mater. I fod!

Sylwais i ddim fod unrhyw beth yn digwydd tan i mi gael fy mwrw ar gefn fy mhen. Weithiau mae ergyd fach yn gwneud dolur ofnadwy. Ond roedd hyn yn hollol fel arall. Roedd yr ergyd yn teimlo'n galed ond ches i ddim dolur o gwbl. Edrychais o gwmpas yn wyllt, gan feddwl bod rhywun wedi bwrw i mewn i mi wrth gerdded heibio. Roedd y diawl bach yn sefyll yn union y tu ôl i mi, a'i lygaid yn disgleirio yn y goleuadau strôb. Carol waeddodd dros sŵn y gerddoriaeth ei fod e wedi ceisio bwrw'i ben yn erbyn fy mhen i.

Ro'n i'n feddw gaib, ac wrth iddo wenu arna i, fe ges i lond bol. Gwthiais yn erbyn ei frest â dwy law. Dyma fe'n cwympo i'r llawr wrth draed dwsin o bobl ddieithr. Rwy'n cofio meddwl, pe byddai e'n codi, y byddwn i'n gorfod neidio oddi ar y llwyfan a diflannu i'r dorf. Dw i ddim yn ymladd mewn clybiau. Dw i ddim yn mwynhau teimlo adrenalin panig fel rhai pobl. A does dim cywilydd dweud hynny arna i.

Roedd fy nghalon yn curo cymaint, ro'n i'n teimlo'n eithaf tost. Daeth blas cas i 'ngheg a llyncais yn galed. Daeth Carol i sefyll wrth fy ysgwydd ac edrychodd y ddau ohonon ni arno fe. Hyd yn oed bryd hynny, er ei fod e wedi ymosod arna i'n barod, do'n i ddim yn meddwl ei fod e'n beryglus.

Roedd fy mrawd wrth y bar ac wedi llwyddo i golli'r cyffro i gyd. Erbyn iddo fe ddod 'nôl, roedd Carol a fi wedi symud yn dawel i ochr y llwyfan, gyda wal frics y tu ôl i ni. Dw i wedi dweud nad o'n i'n meddwl ei fod e'n beryglus, y dyn bach 'na, ond do'n i ddim eisiau troi 'nghefn ato fe chwaith. Doedd fy mrawd ddim yn gwybod dim am y peth, wrth gwrs. Dyma fe'n pasio'r diodydd i bawb a mynd 'nôl i ddawnsio ac ymuno yn yr hwyl. Ro'n ni'n ifanc bryd hynny. Roedd e wedi tynnu ei grys, ac roedd e'n fwy balch na fi hyd yn oed o'i gorff main, gwydn.

Gwelais y dyn yn dod o'r tywyllwch. Roedd fy mrawd yn dawnsio lle ro'n i wedi bod yn dawnsio ac roedd e'n gwisgo'r un dillad yn union, bron. Torrodd y dyn botel dros ei ben. Aeth y ddau ar eu pennau dros y llwyfan nes cwympo i lawr ar y llawr dawnsio, a'r dyrfa'n gwasgaru wrth iddyn nhw ddisgyn.

Rhewi yn y fan a'r lle wnes i am eiliad, a dw i ddim yn falch o hynny. Roedd hi'n teimlo fel petai'r gerddoriaeth wedi stopio, ond roedd yn dal i chwarae, wrth gwrs. Dyma Carol yn rhoi sgrech a finnau'n symud. Neidiais i lawr a gafael yn y ddau gorff llithrig, yn sownd wrth ei gilydd. Doedd fy mrawd ddim wedi disgwyl yr ergyd, ond wrth i mi dynnu a cheisio'u gwahanu nhw roedd e'n ymladd fel dyn gwyllt. Roedd gwyn eu llygaid a'u dannedd yn disgleirio. Roedd y ddau'n tynnu wrth ei gilydd yn wyllt. Allwn i ddim torri gafael fy mrawd. Roedd fy nwylo'n llithro ar y croen, ac yn sydyn ces lond bol o ofn wrth weld bod 'na *lot* o waed yn dod o rywle. Roedd gwydr wedi torri ym mhobman a chwrw a gwaed ar fy nwylo. Plygais i lawr a'r eiliad honno dechreuodd y peiriant rhew weithio eto. Daeth niwl trwchus dros y llawr dawnsio a dallu pawb. Roedd hi'n anodd anadlu, ac ro'n i'n ofni cael ergyd neu gael fy nhorri gan ddarn o wydr. Ro'n i'n dal i gydio yn y croen llithrig, a rywle oddi tano' i ro'n nhw'n dal i ymladd yn wyllt.

Clywais y bownsers yn dod o'r diwedd ac roedd dwylo'n pwyntio a phobl yn gweiddi dros bob man. Teimlais ddwylo cryf yn fy nhynnu i ffwrdd. Duw a ŵyr ble roedd Carol bryd hynny. Do'n i ddim yn ei beio hi am gadw draw. Ro'n i'n beio'r meddwyn diawl gafodd ei daflu allan drwy'r drws cefn gan y bownsers.

Cafodd fy mrawd ei godi ar ei draed. Roedd e'n dal i edrych fel dyn gwyllt. Doedd dim syniad gyda fe ble roedd e ac roedd gwaed yn llifo o'i ben i'w frest noeth. Aeth y bownsers ag e i ryw ystafell 'molchi yng nghefn y clwb. Es i gyda fe i olchi 'nwylo. Mae'n anodd credu sut mae diferyn bach o waed yn mynd i bobman.

Dim ond ni oedd yn yr ystafell 'molchi fawr 'na ac ro'n i'n teimlo fel actor y tu ôl i'r llwyfan. Roedd y gerddoriaeth wedi dal i chwarae drwy'r cyfan ac roedd dwmp, dwmp y rhythm o hyd yn y pellter. Iawn, do'n i ddim wedi bod yn ei chanol hi, ond ro'n i wedi cael ofn ac ro'n i'n waed i gyd. Ro'n i'n teimlo 'mod i newydd fod mewn brwydr. Dechreuais deimlo'n well ar ôl gadael y dyrfa a'r perygl, hyd yn oed pan welais y cwt ar wddf fy mrawd. Roedd gwaed tywyll a thrwm yn rhedeg ohono fe.

Edrychodd ar y cwt yn y drych a gwelais mor welw roedd e.

'Fe ddylen ni fynd â ti i'r ysbyty i gael pwythau,' meddwn i wrtho. Roedd e'n dal wedi drysu. Do'n i ddim eisiau iddo fe ofyn pam roedd dyn dwl wedi ymosod arno fe heb reswm. Ro'n i'n gwybod mai eisiau ymosod arna i roedd e. Ro'n i'n teimlo'n ddigon balch ac euog i fod yn benysgafn. Pan drodd ata i, gallwn weld ei fod e'n wyllt gacwn. Rhoddais bentwr o bapur toiled iddo'i roi ar ei wddf.

'Fe allai fe fod wedi fy lladd i,' meddai, gan sychu'r clwyf a syllu ar ei hunan yn y drych. 'I ble aeth e?'

'Fe fydd e wedi hen fynd erbyn hyn,' atebais. 'Fe daflodd y bownsars e mas.' Cododd ei ysgwyddau, a thynnu ei grys dros y papur. Rhegodd wrth weld bod ei drowsus wedi'i rwygo a bod rhagor o waed yn dod drwy'r defnydd.

'Dw i eisiau talu 'nôl iddo fe,' meddai.

Dilynais ef o'r clwb.

Dylai fe fod wedi mynd adref, y dyn 'na, pwy bynnag oedd e. Ddylai fe ddim fod wedi bod yn aros am fws hanner can llath o'r clwb. Dyna'i ail gamgymeriad y noson honno, ac weithiau byddai un yn ddigon i'w ladd. Pan welodd fy mrawd yn cerdded tuag ato, dylai fod wedi rhedeg. Ond dim ond gwenu wnaeth e, fel o'r blaen, fel dyn wrth ei fodd.

Dyma fy mrawd yn ei daro'n ddigon caled i'w fwrw i'r llawr, a thorri ei ddwrn ar ddannedd y dyn. Yna dyma fe'n ei gicio fe wrth iddo orwedd, ddwywaith cyn iddo blygu hyd yn oed. Dylwn i fod wedi rhoi stop ar y cyfan y pryd hwnnw. Iechyd, dylwn i fod wedi'i rwystro fe rhag gadael y clwb a mynnu mynd ag e i'r ysbyty. Ond wnes i ddim. Ro'n i eisiau dial hefyd. Gallwn i fod wedi cael fy lladd y noson honno. Dw i ddim yn falch am y peth, ond roedd rhaid talu 'nôl.

Cic arall i'w ben a dylai'r cyfan fod wedi dod i ben, ond roedd rhaid rhoi dwy ergyd arall iddo. Allwn i ddim gweld wyneb y dyn, a do'n i ddim eisiau'i weld e chwaith. Wnes i ddim rhuthro i ddal fy mrawd 'nôl ond, yn y diwedd, pan oedd hi'n rhy hwyr, dyna wnes i. Roedd hynny'n gysur. Nid fe ydw i, hyd yn oed pan ydw i'n gas a sbeitlyd. Ddim o gwbl. Byddai fe wedi cicio'r dyn yna i farwolaeth. Efallai mai dyna ddigwyddodd.

Gadawon ni'r dyn ar y palmant ac es i â 'mrawd i'r ysbyty i gael pwythau ac i fflyrtio â'r nyrsys. Chwiliais y papurau'r diwrnod wedyn am newyddion bod dyn wedi cael ei ladd ger y clwb. Ond docdd dim sôn am yr ymosod.

Pan gwrddon ni â Dewi roedd Carol yn dal i ddenu dynion pan oedd chwant arni. Ond roedd hi wedi dysgu ambell beth am eu cadw nhw hyd braich hefyd. Do'n i erioed wedi gorfod delio ag un o'r dynion roedd hi'n eu denu. Ro'n nhw'n esgus eu bod nhw'n gweithio gyda hi, neu'n ffrind iddi gan obeithio y byddai hi'n mynd i'r gwely gyda nhw. Roedd gair bach tawel yn ddigon fel arfer, dim ond iddyn nhw wybod 'mod i'n gwybod. Doedd dim angen help arna i tan i ni gwrdd â Dewi Treharne. Hyd yn oed wedyn efallai y byddai wedi bod yn ddigon i mi esgus peidio sylwi ar ambell brynhawn mewn gwesty tan iddi gael digon arno fe.

Fe gredais i y byddai'r tro cynta'n ddigon i fy lladd i, ond doedd e ddim. Y noson honno oedd un o nosweithiau gwaethaf fy mywyd. Dim ond wrth gysgu roedd hi'n bosibl anghofio pob dim. Dihuno'r diwrnod canlynol wedyn a dyna lle roedd hi'n gwneud brecwast ac roedd popeth yn iawn unwaith eto. Gallwn i fod wedi byw gyda rhywbeth fel'na, dw i'n *gwybod* hynny. Y broblem gyda Dewi Treharne oedd ei fod e eisiau Carol iddo fe'i hunan.

Pennod 3

Sut mae un dyn yn gallu ystyried ei fod e'n drech na dynion eraill? Arian efallai, neu fod ganddo ryw swydd uchel, fel barnwr neu wleidydd. Ond pryd mae'r fath yma o rym yn dechrau cael gwir effaith ar berson? Dw i erioed wedi cael Gweinidog o'r Llywodraeth wrth y drws yn mynnu 'mod i'n symud y car. Tasai fe'n gwneud, mae'n debyg mai galw'r heddlu wnawn i. Dw i ddim yn dweud *nad* oes ganddyn nhw rym o ryw fath. Wrth gwrs bod – gormod o rym, efallai. Ond dyw e ddim yn effeithio ar rywun o ddydd i ddydd. D'yn nhw ddim yn dod i'r tŷ ac yn dwyn eich waled chi, os d'ych chi'n deall.

Ond mae lefel arall, lle does dim sôn am y llysoedd na'r heddlu, lle mae defnyddio grym yn boen ac yn ofid. Does dim angen byddin ac yn sicr does dim angen llawer iawn o arian. Am £100 neu £200 yr wythnos, gall un dyn dalu dyn arall i fwrw rhywun a'i gicio neu niweidio ei wyneb, ei dreisio hyd yn oed neu ddwyn, yn ôl y galw. Dim ond sicrhau bod *un* dyn yn fodlon gwneud beth bynnag mae gofyn iddo fe'i wneud. Dyna'r cyfan sydd ei angen. Mae'n anodd i fi ddychmygu bod dynion fel hyn yn bod. Gall dynion sydd â grym, fel Dewi Treharne, dreulio noson fach ddymunol mewn tŷ bwyta. Erbyn iddo fe gyrraedd adref, bydd drws tŷ un o'i elynion wedi'i gicio a'i falu a bysedd hwnnw wedi'u torri gan ddyn nad yw erioed wedi'i weld o'r blaen. Hyn i gyd er mwyn codi ofn arno fe. Mae'n amhosibl mynd at yr heddlu achos yn amlwg bydd rhywbeth gwaeth yn digwydd y tro nesaf.

Gan amlaf, mae creu ofn yn ddigon. Prin yw'r dynion sy'n gallu rhwystro un dyn treisgar rhag taflu dyn arall i'r llawr a bwrw ei ben mor galed ar lawr teils y gegin fel bod y rheiny'n torri. Mae cariad at wraig neu blentyn yn rhywbeth naturiol i'r rhan fwyaf o ddynion. Unwaith y clywan nhw fygythiad i'w teulu, mae rhywbeth tu mewn iddyn nhw'n troi ac yn gwasgu'n dynn ac ofn yn cydio ynddyn nhw. Dyw gwleidydd na barnwr ddim yn gallu codi ofn fel yna. Dim ond hyn a hyn gallan nhw ei wneud, beth bynnag sy'n digwydd. Wedi i rywun gerdded yn rhydd o'r llys, fydd yr heddlu ddim yn anfon dynion draw i'r tŷ y noson honno i ymosod a thalu'r pwyth yn ôl.

Ro'n i wedi cwrdd â Meic, dyn Dewi, yn y parti Nos Galan. Doedd e ddim yn enfawr, fel rhai o'r bownsers sydd y tu fas i glybiau nos. Ond roedd Dewi wedi dod o hyd i focsiwr mawr chwe throedfedd heb gydwybod o gwbl. Bues i'n sgwrsio peth â Meic y noson gyntaf honno. Ond ches i ddim rhybudd o gwbl. Byddai bywyd dipyn yn haws tasen i wedi cael rhybudd. Byddai'n help gallu teimlo ias i lawr y cefn wrth gwrdd â dyn a fyddai'n gwneud i fi weld sêr rai wythnosau wedyn.

Dw i'n gwybod nawr ei fod e wedi gwneud i mi aros wrth y bar yn fwriadol achos bod Dewi'n siarad â Carol. Mae hwnnw'n talu un dyn i wneud pethau fel'na er mwyn gwneud pethau'n haws iddo fe'i hunan. Gair bach sydyn ac mae gŵr y wraig yn colli awr bron yn mân siarad â dyn dieithr. Roedd llond hambwrdd o ddiodydd gyda fi. Bob tro ro'n i'n dechrau gadael y bar, roedd Meic yn rhoi un o'i ddwylo ar fy mraich a gwneud rhyw sylw, neu jôc, neu'n gofyn rhyw gwestiwn dwl i mi. Dw i'n cofio iddo fe ddweud ei fod e wedi magu pwysau dros y gaeaf, ond erbyn y gwanwyn, pan oedd e 'ar ei orau', byddai'n colli'r cyfan. Do'n i erioed wedi clywed neb yn disgrifio'i hunan fel'na o'r blaen. Arhosais i siarad ag e achos 'mod i'n hanner ofni ei fod e'n feddw ac yn hoffi ymladd. A do'n i ddim eisiau i hynny ddigwydd. Ceisiais ddioddef y peth. Pan drodd o'r diwedd i gael ei newid oddi wrth y barmon, cerddais 'nôl i'r ford.

Doedd Carol ddim yno, na Dewi chwaith. Mae mor hawdd gweld beth oedd wedi digwydd nawr ond, ar y pryd, doedd dim syniad gyda fi. Roedd hi bron yn hanner nos ac roedd y diodydd i gyd yn barod. Yfais un peint a dechrau un arall. Yna'n sydyn, dyna lle roedd hi wrth y ford. Roedd Dewi yno hefyd, yn cusanu'i wraig wrth iddyn nhw gyfrif i lawr o ddeg am hanner nos. Anodd meddwl y gallwn i fod wedi colli rhywbeth fel'na, o ystyried beth ro'n i'n wybod am Carol. Ond dw i ddim yn dioddef o baranoia nawr. Mae paranoia'n bwyta dyn yn fyw, yn enwedig os yw'n taro ar y gwir bob hyn a hyn. Amhosibl eu gwylio nhw drwy'r amser. Mae'n difetha'r nerfau, y stumog a'r iechyd meddwl.

Roedd Carol yn edrych braidd yn goch, dw i'n cofio. Alcohol a chyffro'r noson, meddyliais. Daeth balŵns i lawr o'r to a chydiodd pawb yn nwylo pobl ddieithr a chanu'r gân 'na o'r Alban. Dim ond un llinell roedd pawb yn ei gwybod, a chanu honno wnaethon ni drosodd a throsodd. Roedd un dyn yn gwisgo cilt. Dw i'n cofio gwenu wrth ei weld e. Wedyn troi at Carol i weld a oedd hi wedi sylwi. Gwenodd hi 'nôl arna i ac roedd popeth yn iawn.

Doedd Dewi druan ddim yn gwybod pa fath o fenyw oedd hi. Dyna sy'n gwneud i mi deimlo'n chwerw. Tasai e wedi gweithio'n galed arni, byddai wedi gallu codi'i sgert ar ôl pryd neu ddau. Ond mae Carol yn edrych yn gwbl wahanol, dyna'r drwg. Rhaid dychmygu Grace Kelly â gwallt tywyll, ond eto dyw hi ddim fel'na'n union chwaith, er bod y gwddf hir a'r croen golau a sut mae'n symud yr un peth. Mae'n ferch sy'n gwneud i ddyn eisiau ei gweld hi'n edrych yn anniben. Gweld ei gwallt hi'n dod yn rhydd a rhyw olwg ddrwg yn dod i'w llygaid. R'ych chi siŵr o fod yn nabod y teip. Mae'n ferch byddai dyn eisiau gwneud iddi ochneidio wrth gusanu. Ro'n i'n gweithio'n galed ar hyn pan o'n ni'n ifanc gyda'n gilydd. Roedd hi braidd yn feddw'r tro cyntaf gyda fi. Nid dyna sut ro'n i wedi gweld y peth yn digwydd. Prin y gallwn i ei gweld hi yn yr ystafell dywyll yn neuadd y myfyrwyr. Roedd ei choesau'n hir a gwyn. Ro'n nhw'n siffrwd wrth i mi redeg fy nwylo ar eu hyd nhw. Dw i'n cofio iddi ddal fy mhen yn agos, bron fel dal plentyn. Dw i'n credu bod un ohonon ni wedi llefain. Ond ro'n ni'n feddw ac yn ifanc. Amser maith yn ôl. Dau berson gwahanol. Roedd Dewi'n meddwl ei fod e wedi dod o hyd i gariad mawr ei fywyd, wrth gwrs.

Gwerthu tai i bobl â gormod o arian mae Carol. Y math o bobl sydd â lluniau mewn fframiau aur. A thapiau aur yn yr ystafell 'molchi hefyd. Byddai Dewi wedi edrych yn iawn ar ei rhestr gwsmeriaid, hyd yn oed gyda Meic fel gyrrwr. Clywais ei enw pan adawodd merch o swyddfa Carol neges am fynd â 'Mr Treharne' i weld tŷ arall. Sylwais i ddim arno fe'r tro cyntaf, ond daeth neges arall y diwrnod canlynol. Gwasgais y botymau ar y ffôn a chlywed llais y ferch – gyda fe yn y cefndir, yn dweud rhywbeth doniol. Ro'n i'n gwybod bryd hynny, siŵr o fod, wrth i mi gael gwared ar y neges. Doedd Carol ddim wedi clywed y neges eto, ond do'n i ddim eisiau ei chadw hi ar gof y ffôn. Ro'n i eisiau cael gwared ar y neges, a'r ofnau oedd gen i.

Mae hi'n fy nghasáu i pan dw i'n amau bod rhywbeth yn digwydd. Mae hi'n dweud 'mod i'n esgus bod yn normal a chyfeillgar. Ond drwy'r amser mae golwg gas yn fy llygaid. All hi ddim dioddef hynny. Mae hi'n dweud bod hyn yn gwneud iddi eisiau gadael y tŷ.

Weithiau mae'n mynd ac yn dod 'nôl am ddau neu dri y gloch y bore yn drewi o alcohol a gormod o bersawr. Pan fydd hi'n feddw, dw i'n esgus cysgu. Os bydd hi'n gweld 'mod i ar ddihun, mae'n siarad fel hwren. Rhaid i mi orwedd wedyn ac esgus nad ydw i'n gallu clywed gair. Un o'r gêmau bach 'na r'yn ni'n eu chwarae.

Dw i'n credu bod Dewi wedi cymryd rhyw wythnos cyn gofyn iddi fynd i westy gyda fe. Byddai e wedi gallu gofyn cyn hynny, tasai e'n ei nabod hi. Mae'n siŵr iddo fe deimlo mai fe oedd y dyn mwyaf lwcus yn y byd wrth iddi ollwng ei sgert a cherdded ato. Dw i'n gwybod beth yw bod gyda Carol ar ei gorau a dw i'n methu â'i gadael. Ar ôl sawl blwyddyn galed, dw i yma o hyd. Felly dw i'n deall sut roedd Dewi'n teimlo. Dw i ddim yn dweud 'mod i'n deall y dyn. Un sy'n cymryd, nid rhoi – dyna'r math o ddyn yw e. Ro'n i'n gwybod hynny'r tro cyntaf gwrddais i â fe. Fel fy mrawd, roedd e'n un o'r bobl hynny oedd yn defnyddio pawb o'u cwmpas, i gael hwyl, i gael rhyw, i gael ffrindiau.

Weithiau maen nhw'n gwneud camsyniad. Maen nhw'n meddwl eu bod nhw wedi dod o hyd i rywbeth pwysig. Ond na. Gwnaeth Dewi'r camsyniad hwn gyda Carol, yr eiliad y dihunodd e yn y gwesty a gweld ei bod hi wedi mynd. Roedd hi wedi dod adref ata i yn oriau mân y bore. Ond doedd Dewi ddim yn deall y peth. Diawl erioed, dw *i* ddim yn deall y peth a dw i'n ŵr iddi hi.

Daeth hi adref ata i achos mai dyna fydd hi'n wneud bob amser. Dyw hi ddim yn aros tan y bore, ddim ar ôl iddyn nhw fynd i gysgu. Wedi'r cyfan, beth yw bore mewn gwesty? Anadl yn drewi, dillad wedi'u crychu a brecwast llawn gyda gormod o halen a choffi uffernol. A bod yn onest, does dim ots gyda fi pam mae hi'n dod 'nôl o hyd. Efallai ei bod hi'n fy ngharu i. Fel dw i'n ei charu hi.

Wrth gwrs, er ei bod hi'n fy ngharu i, fe ddigwyddodd y peth eto. Dw i ddim yn gwybod ble – mewn gwesty arall, neu yn ei gartref e hyd yn oed. Ond roedd rhywbeth yn wahanol i fi y tro hwn. Yr ail dro yr aeth hi i ffwrdd am noson yr wythnos honno, trefnodd Dewi i rywun cyfeillgar alw draw. Tra oedd e yn y gwely gyda Carol mewn rhyw le smart, dyma fi'n agor y drws gyda darn o dost yn fy llaw. Does dim byd mwy dosbarth canol a diniwed, oes e? Roedd llond ceg o dost a Marmite gyda fi pan sylwais mai Meic oedd e. Ro'n i'n ceisio dweud rhywbeth pan gamodd e ata i a 'ngwthio i ar fy nghefn. Efallai iddo sathru ar fy nhroed gyntaf, ond sylwais i ddim wrth daro 'mhen ar lawr y cyntedd. Doedd dim carped neu byddwn i wedi teimlo ychydig yn well. Yn anffodus, llawr pren oedd e a dyna pam apeliodd y tŷ aton ni'r tro cyntaf i ni ei weld e.

Digwyddodd popeth mor rhwydd, dyna'r drwg. Mae'n debyg fod pob un ohonon ni wedi meddwl beth fydden ni'n wneud tasai lleidr yn y tŷ. Dw i'n mwynhau clywed gwleidyddion yn siarad am 'ddefnyddio grym rhesymol' pan fydd hyn yn digwydd. Galla i ddweud fod ofn yn gwneud i ddyn anghofio am fod yn 'rhesymol'. Pan agorais y drws, ro'n i'n hanner meddwl am gêm bêl-droed ar y teledu. Eiliad wedyn, ac ro'n i ar lawr y cyntedd a golau'r lamp yn fy llygaid. Teimlais law yn cydio yng ngholer fy nghrys. Yna ro'n i'n llithro ar hyd y llawr pren i'r gegin. Ceisiais godi, ond do'n i ddim yn gwisgo esgidiau. Llithrais yn fy sanau. Allwn i wneud dim ond symud fy nghoesau mewn ofn. Mae bwrdd bach a chadair yn y gegin. Cegin fach yw hi, ond roedd Carol yn mynnu ein bod ni'n gallu defnyddio'r geiriau 'ystafell frecwast' pan fyddwn ni'n gwerthu'r tŷ. Dyna'i gwaith hi, wedi'r cyfan. Dyna ro'n i'n meddwl wrth i Meic fy nghodi gerfydd fy nghrys a 'nhaflu i ar y gadair. 'Grym rhesymol?' Hoffwn i weld un ohonyn nhw yn y sefyllfa hon. Pwysodd Meic ei ddau ddwrn mawr ar fwrdd y gegin.

'Beth wyt ti eisiau?' gofynnais.

'Oes wisgi gyda ti?' meddai. Dechreuais godi i nôl peth.

Gwasgodd ei law ar fy ysgwydd. Roedd e'n gallu fy nal i lawr heb drafferth o gwbl. 'Dwed ble,' meddai, gan edrych ar y cypyrddau ar hyd wal y gegin.

'Wrth y drws, fan'na,' meddwn i wrtho. Wrth iddo droi byddwn i'n nôl cyllell o'r drôr wrth y sinc.

Yn lle dilyn y cynllun, dyma fe'n ymestyn a rhoi ergyd galed i mi dros fy wyneb. Aeth hi'n nos arna i am dipyn achos do'n i ddim yn gwybod ble roedd e. Roedd rhaid i mi droi fy mhen i chwilio amdano. Roedd e'n arllwys ychydig o wisgi i wydr. Roedd popeth yn y gegin yn edrych yn fwy llachar nag arfer, fel mewn ffilm.

'Cer mas o'ma,' meddwn i'n dawel. Ro'n i'n teimlo'n sâl. Hyd yn oed wrth i fi siarad, teimlwn flas cas yn dod i 'ngheg. Mae rhyw broblem gyda falf yn fy stumog. Pan fydda i'n ofnus neu'n grac, bydd asid yn dod o'r stumog. Mae e'n llosgi am sbel. Mae enw ar y broblem gyda'r falf, ond mae'r driniaeth mewn ysbyty yn un gas.

'Dw i ddim yn mynd mas, Teg. Ti'n gwybod 'ny,' meddai. Ro'n i'n casáu ei glywed e'n defnyddio'r enw. Dim ond fy mrawd a Carol oedd yn fy ngalw i'n Teg, neb arall. Doedd neb arall wedi fy nabod i'n ddigon hir.

Sylwais ei fod e'n gwisgo menig lledr du i ddal y gwydr wisgi. Symudais fy mhen i geisio ei glirio. Ceisiais gyffwrdd yn ofalus â 'ngwefusau, i weld a oedden nhw wedi chwyddo. Felly ro'n nhw'n teimlo. Nid fi oedd biau ochr fy wyneb. Dim ond edrych allan o'r wyneb ro'n i.

'Dw i ddim eisiau gwneud hyn, Teg; dw i eisiau i ti gredu 'ny,' meddai Meic. Roedd e wir yn edrych fel tasai'n teimlo trueni. Ro'n i'n gobeithio nad oedd e wedi dod i'm lladd i.

'Gwneud beth?' gofynnais, yn ofnus. Roedd yr asid yn llenwi 'ngheg erbyn hynny, yn fwy chwerw na finegr. Meddyliais tybed beth fyddai'n digwydd taswn i'n poeri i'w lygaid. A fyddai'n ei losgi fe hefyd?

'Rhoi rhybudd bach i ti, Teg. Ac yfed dy wisgi di. Dweud wrthot ti am adael iddi fynd.' Roedd e bron yn ymddiheuro wrth ddweud hynny.

'Gadael i bwy fynd? Carol?' meddwn i. Do'n i ddim yn gallu meddwl yn iawn, gyda 'ngwaed fy hunan ar y bwrdd. Roedd e'n

35

diferu o 'nhrwyn i ac ro'n i bron yn gallu gwneud patrymau ar y pren.

'Mae rhywun r'yn ni'n dau yn ei nabod yn meddwl ei bod hi'n ofni dy adael di, Teg. Dw i'n credu dy fod ti a fi'n gwybod fod hynny ddim yn wir. Nid dyna'r math o ddyn wyt ti, Teg. Rwyt ti'n un call. Fydd dim rhaid i fi wneud rhywbeth mwy difrifol, fydd e?'

'Wnaiff hi byth fy ngadael i,' meddwn i. Un o'r pethau twpaf i mi ei ddweud erioed, siŵr o fod. Dylwn i fod wedi cynnig ei gyrru hi draw unrhyw bryd i dŷ Dewi yn fy nghar fy hunan er mwyn cael gwared ar Meic. Wrth feddwl am dŷ Dewi, dechreuais feddwl am rywbeth arall.

'Beth am ei wraig e?' gofynnais. 'Dw i'n ei chofio hi. Beth mae hi'n ei feddwl am y peth?'

Ysgydwodd Meic ei ben yn drist. 'Mae hi wedi'i adael e, Teg. Dyw pethau ddim wedi bod yn dda ers tro. Falle mai dy wraig di oedd yr hoelen olaf yn yr arch. Mae e'n ddyn rhydd, Teg. A dyw hynny ddim yn newyddion da i ti, mae'n ddrwg 'da fi ddweud.'

'Dwyt ti ddim yn gall,' meddwn i wrtho. 'Alli di ddim gofyn i ddyn adael ei wraig.'

'Ble mae hi nawr, ti'n meddwl, Teg? Beth mae hi'n wneud?' mynnodd Meic. 'Dyw hi ddim yn ymddwyn fel gwraig y ficer, ydy hi? Fyddwn i ddim eisiau meddwl beth mae hi'n wneud, fyddet ti? Fe fyddwn i'n gadael yr ast taswn i yn dy le di. A gwynt teg ar ei hôl hi. Pam rwyt ti eisiau gwraig sy'n mynd gyda dyn arall fel'na? Falle ein bod ni'n gwneud ffafr fach â ti, erbyn meddwl. Yn y pen draw, ti'n gwybod.'

Roedd e'n synnu gweld nad oedd y cyfan yn sioc i fi. Gwgodd arna i cyn llenwi'r gwydr eto a chau'r botel. Gwelais ei law'n symud, ond dim ond dechrau plygu o'r ffordd ro'n i pan dasgodd y wisgi dros fy wyneb. Roedd e'n llosgi'n waeth na'r asid yn fy ngheg. Roedd dagrau'n llifo o'm llygaid i. Do'n i ddim yn gwybod pam: achos y wisgi neu achos 'mod i'n teimlo'n grac wrth Carol. Roedd hi wedi gadael i'r bobl yma ddod i'n bywydau ni. Do'n i ddim yn gallu meddwl. Pan roddodd e ergyd arall i mi, gwaeddais arno i roi'r gorau iddi. Ro'n i'n llefain.

'Fe yfaist ti ormod, Teg, a chwympo i lawr y grisiau tu fas. Fe fwraist ti dy wyneb ar y llawr, rhywbeth fel'na. Pan fydd hi'n gofyn, Teg, fe fyddi di'n gwybod. Paid â dweud celwydd am ddynion dieithr yn y gegin, wnei di? Paid â'i throi hi yn erbyn ei ffrind newydd, wnei di? Os daw hi i wybod 'mod i wedi bod yma, fe fydd rhaid i fi alw eto. A'r tro nesaf fe fydd pethau'n waeth, ti'n deall, Teg?' Ysgydwodd ei ben yn araf, fel tasai'n gweld y peth yn digwydd. 'Paid â gwneud i fi ddod 'nôl.'

Ro'n i'n crynu pan adawodd e. Yfais ychydig yn rhagor o'r wisgi, ac erbyn iddi ddod 'nôl y bore wedyn ro'n i'n dal ar ddihun ac ro'n i'n feddw ac yn wyllt gacwn. Clywais hi'n gweiddi mewn syndod pan welodd hi sut roedd Meic wedi difetha fy wyneb. Cyn i mi ddweud gair, roedd hi'n chwilio yn y cwpwrdd am eli a phlastar.

'Beth ddigwyddodd?' gofynnodd wrth eistedd i lawr o'm blaen i. 'Rwyt ti wedi bod yn yfed,' meddai cyn i mi agor fy ngheg. 'Cwympo wnest ti, ie?' Meddyliais tybed oedd Dewi wedi rhoi'r syniad 'na iddi. Oedais yn ddigon hir i feddwl beth fyddai'n digwydd tasai Meic yn dod 'nôl i ddysgu gwers i mi eto. Doedd dim cynllun gyda fi ar y pryd. Do'n i ddim wedi deall eu byd nhw'n iawn eto. Roedd e mor wahanol i'n byd ni.

'Dewi Treharne,' meddwn i'n dawel, gan edrych i weld sut byddai hi'n ymateb. Roedd hi'n glanhau'r gwaed sych o gwmpas fy nhrwyn a gwelais ei hwyneb yn mynd yn dynn. Dyma'i llygaid yn colli'r gofal tyner i gyd.

'Beth wyt ti'n feddwl?' gofynnodd. Yn sydyn, ro'n i'n poeni mai fi oedd y rheswm dros yr oerni yn ei llygaid. Doedd hi ddim yn teimlo dim tuag ata i.

'Fe anfonodd ei ddyn draw 'ma pan o't ti mas neithiwr. Ti'n gwybod, i roi gwers fach i'r gŵr. Pan o't ti yn y gwely gyda'i fòs e. Roedd e'n rhoi rhybudd i fi, Carol. Yn bygwth dyn yn ei dŷ ei hunan.' Clywais fy llais yn crynu a chaeais fy ngheg cyn i mi ddechrau llefain yn fy niod.

Edrychodd hi ar ei dwylo a gallwn weld eu bod nhw'n crynu. Ond allwn i ddim teimlo trueni drosti.

'Ti sy wedi dod â hyn i'r tŷ 'ma, Carol. Dyna beth wnest ti i fi neithiwr.'

Aeth hi'n welw, fel taswn i wedi rhoi slap iddi. Roedd hi'n dal i gydio yn yr hances bapur a gwaed drosto. Gwelais ei llaw'n dechrau symud 'nôl i lanhau fy wyneb. A dyma fi'n rhoi slap i'w llaw hi. Allwn i ddim dioddef ei bod hi'n cario ymlaen fel tasai popeth yn iawn. Ro'n i eisiau i bopeth ddod i'r wyneb.

Wedyn cododd ar ei thraed a thynnodd ei thafod i gyffwrdd â'i gwefus uchaf. Dyna fydd hi'n wneud pan fydd hi'n dechrau gwylltio. Ro'n i'n falch. Codais innau ar fy nhraed. Ond yn sydyn doeddwn i ddim eisiau dadlau. Do'n i ddim eisiau ailadrodd yr un geiriau eto. Byddai hynny wedi bod yn ormod ar ôl y fath noson a gefais i. Ro'n i wedi dweud y geiriau filoedd o weithiau, wedi ennill y dadleuon dro ar ôl tro ar ôl tro. Doedd dim rhaid eu dweud nhw'n uchel. Roedd hi'n gwybod am bob dadl yn iawn.

'Gwna rywbeth am y peth, Carol. Does dim ots gyda fi beth sy'n digwydd. Gwna rywbeth am y peth.'

Nodiodd, a gwasgu'i gwefusau'n dynn at ei gilydd. Doedd dim gwaed na lliw ynddyn nhw. Do'n i erioed wedi'i gweld hi wedi cael cymaint o siglad. Yn rhyfedd iawn, roedd hynny'n gysur i mi. Felly dyma fi bron yn rhedeg i fyny'r grisiau i'r gwely. Cyn iddi ddechrau rhedeg y gawod, ro'n i'n cysgu.

Pennod 4

Wrth gwrs, roedd Carol mewn lle cas. Peth rhyfedd yw'r gwirionedd. Does dim gwahaniaeth pa mor wael yw pethau. Er mwyn cyfaddef beth sy'n digwydd, rhaid ei *ddweud e'n uchel*, neu mae'n hawdd ei anghofio. Rheoli'r peth. Gwthio'r peth o'r meddwl. Dw i'n cofio'r tro cyntaf y clywais i rywun yn dweud am 'yr eliffant yn yr ystafell'. Rhywbeth mae pawb arall yn ceisio peidio sylwi arno fe, dyna ro'n nhw'n feddwl, ond pwy allai fethu sylwi ar eliffant? Wel, galla i ddweud ei bod hi, ar ôl sbel, yr un mor hawdd hongian dillad ar drwnc yr eliffant ag ydy hi ar gadair. Mae'n bosibl dod yn gyfarwydd ag unrhyw beth. Os nad yw dyn yn marw, mae'r boen yn diflannu. Mae pob poen yn diflannu. Rhaid cofio am hynny'r tro nesaf bydd rhywbeth yn boen. Os nad oes neb yn holi am Llew Bowen, yna damwain oedd hi. Hyd yn oed os ydw i'n *gwybod* yn wahanol, does neb yn mynd i ddweud wrth y byd a'r betws.

Hawdd deall pam nad oedd hi'n bosib i Carol fy nihuno i, taflu ei breichiau amdanaf i a dweud ei bod hi'n mynd i roi'r gorau i gysgu gyda Dewi Treharne. Roedd y ffaith ei bod hi'n rhoi ei phen i orffwys ar fy ngobennydd i fod yn ddigon, i fod yn rhywbeth nad oeddwn i i'w amau.

Doedd dim hwyl dda arna i pan ddihunais i. Efallai achos 'mod i'n gallu teimlo dant yn siglo. Mae'n siŵr bod ugain mlynedd ers i mi fod yn chwarae â dant rhydd â 'nhafod. Doedd hynny ddim yn gwella fy hwyl. Roedd hi wedi dod â'r holl beth i'n cegin ni. Fyddai'r hen reolau'n cyfrif dim tan i Dewi Treharne adael ein bywydau ni.

Ond roedd rhaid dweud rhai pethau, hyd yn oed os o'n i'n casáu gwneud hynny. 'Molchais fy hunan yn ofalus, gan edrych ar y cleisiau yn y drych hir yn yr ystafell 'molchi. Ro'n i'n edrych yn wael. Er 'mod i'n wyllt gacwn, ro'n i'n edrych yn ofnus. A'r peth gwaethaf oedd na ddaeth hi 'nôl drwy'r prynhawn.

Dechreuais feddwl ei bod hi wedi codi'r peth gyda Dewi a bod y ddau wedi dechrau dadlau. Aeth fy meddwl ar ras. Ffoniais hi yn y gwaith achos roedd rhaid i mi ffonio rhywun i ofyn ble roedd hi. Ro'n i'n casáu gwneud hynny. Bob tro, gallwn i eu teimlo nhw'n gwenu ar ben draw'r ffôn. Fi oedd y gŵr oedd yn methu dod o hyd i'w wraig. Mae hi'n bosib clywed rhywun yn gwenu ar y ffôn. Wrth ailadrodd yr un geiriau ddwywaith, gan wenu'r ail dro, mae'n bosib clywed y gwahaniaeth. Wrth ofyn ble mae 'ngwraig, down i ddim eisiau clywed y newid 'na. Mae'n gwneud i'r ymennydd weithio'n gyflym ac achosi pen tost.

Roedd Carol wedi cymryd prynhawn bant o'r gwaith. Roedd rhywbeth yn llais y ferch oedd yn mwynhau'r ffaith nad o'n i'n gwybod dim. Roedd rhaid gweithio'n galed i gadw fy llais rhag crynu. Rhoddais y ffôn i lawr. Ro'n i'n ei ddal mor dynn, roedd fy llaw yn siglo. Wrth ei roi i lawr, dyma fe'n canu, a gwneud i mi neidio.

Gallwn glywed Carol yn anadlu'n gyflym.

'Dwedais i wrth Dewi Treharne am adael llonydd i ni,' meddai, heb ddweud helô. 'Mae e wedi mynd.'

'Ond beth amdanat ti?' atebais. Gwasgais y ffôn yn agos i 'nghlust fel taswn i'n gallu ei gwasgu hi'n nes ar ben draw'r llinell.

'Mae angen diwrnod neu ddau o lonydd arna i, Teg. Dw i wedi bod yn gweithio gormod ac mae eisiau hoe arna i, cyfle i gael fy ngwynt ata i.'

'I ble rwyt ti'n mynd?' gofynnais, gan wybod na fyddai hi'n dweud wrtha i. Doedd dim ots. Roedd Dewi blydi Treharne wedi'i cholli hi, dyna oedd yn bwysig. Ro'n i'n teimlo'n wyllt o hapus. Ro'n i'n gallu clywed bod ei llais yn flinedig. Tasai hi'n mynd ato fe, byddai ei llais yn llawn cyffro fel bydd e bob amser wrth ddechrau mynd gyda dyn newydd. Roedd hi wedi gofyn iddo 'adael llonydd i ni'. Roedd adegau pan o'n i'n ei charu hi, dim ots sut ro'n i'n teimlo fel arall. Gwasgais y ffôn mor galed wrth ochr fy mhen nes gwneud i 'mhen ddechrau mynd yn dost.

'Mae angen diwrnod neu ddau o hoe arna i,' meddai. Arhosais iddi ddweud mwy. Meddyliais tybed oedd hi wedi pacio bag. Efallai taswn i wedi edrych drwy gwpwrdd yr ystafell 'molchi, byddwn wedi gwybod y byddai'n ffonio.

'Paid â mynd yn bell,' meddwn i'n dyner. Weithiau ro'n i'n siarad â hi fel y bydd rhai'n siarad â cheffyl nerfus, ond doedd dim ots ganddi. Ro'n i eisiau dweud wrthi 'mod i'n ei charu hi, ac am y teimlad cynnes wrth glywed ei llais. Am unwaith, allwn i ddim dweud y geiriau – rhwydd neu beidio. Doedd hi byth yn eu dweud nhw wrtha i, er 'mod i'n eu clywed nhw ynof fi fy hunan bob tro roedd hi'n siarad â fi neu'n edrych arna i. Ro'n i wedi llyncu fy malchder yn rhy aml dros y blynyddoedd. Roedd e'n dod 'nôl i'r geg ac yn fy llosgi i. Efallai 'mod i wedi cael gormod, a dyna pam roedd y blas cas yn dod bob tro roeddwn i'n dioddef y boen neu'n teimlo cywilydd. Am eiliad ro'n i'n gobeithio *na fyddai* hi'n dod 'nôl. Mewn eiliad dawel ar y ffôn, gwelais fy mywyd yn mynd yn ei flaen heb boen na drama. Yn y pen draw, byddai hi'n troi'n atgof pell am rywun ro'n i'n arfer bod. Problem i rywun arall. Mae pob poen yn diflannu, rhaid cofio hynny. Hyd yn oed yr atgofion sy'n ddigon i ladd dyn. Efallai byddwn i'n mynd i'r car a gyrru i ffwrdd cyn iddi ddod 'nôl. Wedyn, esgus bod yn berson normal am weddill fy mywyd. Mae'n bosib y byddwn i'n hapus yn byw'n wahanol. Fyddai dim rhaid i mi gael prawf gwaed bob mis rhag ofn iddi ddod â rhywbeth cas i fi. Byddai'n fywyd rhyfedd heb ofn a heb deimlo'n gas a heb yr obsesiwn amdani hi.

Rhois y ffôn i lawr heb wrando arni'n dweud hwyl fawr.

Eisteddais am ddeng munud ar fy mhen fy hun. Wedyn meddyliais fod rhaid i mi fynd allan hefyd. Do'n i ddim eisiau eistedd yn disgwyl iddi ddod 'nôl. Do'n i ddim eisiau bod ar fy mhen fy hun. Ac yn sicr, do'n i ddim eisiau bod yno tasai Dewi'n anfon Meic draw eto. Dyna pam roedd yn rhaid i mi symud.

Roedd hi wedi mynd â'r unig gês. Ond roedd hen fag yn y cwpwrdd crasu, felly paciais ambell beth yn hwnnw, gyda darn o sebon a brws dannedd. Doedd dim amser i chwilio am y pasbort. Ro'n i'n meddwl am fynd i'r gogledd. Treulio diwrnod neu ddau yn Eryri, falle. Des o hyd i'r esgidiau cerdded a gwisgo fy nghôt amdanaf. Ro'n i'n symud yn gyflym. Yn ceisio rheoli teimlad o banig.

Roeddwn yn agor y drws pan sylwais fod cysgod yn symud y tu ôl i'r gwydr. Ro'n i wedi bod yn meddwl am Carol. Wrth i'r clo glician, dyma fi'n sylwi bod rhywun yn sefyll yno, yn edrych i mewn. Ro'n nhw wedi bod yn fy ngwylio wrth i mi wneud yn siŵr bod yr allweddi yn fy mhoced. A wedyn, wrth i mi ailagor y bag i roi rhyw un peth bach arall ynddo fe.

Mae'r bobl hyn yn symud yn wahanol i ni. Mewn ffilm, os bydd rhywun yn ceisio gwthio'i ffordd i dŷ, mae'r drws yn debygol o gael ei gau yn ei wyneb e. Ond dyma Dewi'n cerdded i mewn fel tasai'n berchen y tŷ. Roedd ei wyneb yn dangos beth roedd e'n feddwl am y lle. Gwthiodd ei ysgwydd yn fy erbyn i. Yna daeth Meic hefyd, gan wasgu'i law chwith yn erbyn fy mrest a'm dal yn erbyn y wal yn ddidrafferth. Mae'n bosib y byddwn i wedi ymladd 'nôl tasen nhw wedi rhoi rhybudd i mi. Ond roedd y cyfan mor gyflym a rhwydd.

Wrth i Dewi ddiflannu i'r lolfa, ysgydwodd Meic ei ben, fel tasai'n dweud sori. Des i'n fyw wrth i'r ofn a'r adrenalin lifo. Tynnais wrth ei fysedd i dorri'i afael. Roedd yr ardd fach mor agos – a rhyddid yn galw. Allwn i ddim dioddef gweld y drws yn cau a minnau yn y tŷ gyda nhw. Tynnodd Meic fi 'nôl o'r drws agored a'i gau â'i fraich arall. Nodiodd wrth glywed y clo'n clician. Roedd cysgod ei gorff yn gwneud y cyntedd yn dywyll.

'Ble mae hi?' mynnodd Dewi, wrth ddod 'nôl o'r gegin. Atebais i ddim. Am eiliad, allwn i ddim dod dros y ffaith ei fod e yn y tŷ. Mewn parti Nos Galan ro'n i wedi'i weld e ddiwethaf, gyda balŵns a dyn mewn cilt. Ro'n i'n cofio'i wyneb. Ond roedd hi'n rhyfedd ei weld e'n sefyll yno ac yn siarad fel tasen ni'n nabod ein gilydd.

'Fe alwa i'r heddlu,' meddwn i.

Cododd Dewi ei aeliau mewn hanner syndod.

'Roedd Meic yn dweud nad wyt ti'n un hawdd codi ofn arno fe,' meddai. 'Alla i ddim gweld hynny fy hunan.' Edrychais draw ar Meic, ond doedd ei wyneb ddim yn dangos dim. Ddwedodd e ddim byd. Ofynnodd e ddim am wisgi. Yng nghwmni'r dyn mawr ei hunan, roedd e'n ddyn proffesiynol. Ddwedais i ddim byd eto, felly dyma Dewi'n gwneud arwydd i mi eu dilyn. Unwaith eto, roedd yn rhaid i mi fynd i'r gegin. Ro'n i'n teimlo'n sâl. Oedden nhw'n mynd i'm lladd i? Am eiliad, dychmygais Carol yn dod 'nôl i'r tŷ ymhen rhai dyddiau. Mae'n ddrwg gen i ddweud, ond ro'n i'n mwynhau meddwl amdani'n teimlo'n euog.

Roedd y botel wisgi lle gadawodd Meic hi. Arllwysodd Dewi lond gwydr, ac yfed diferyn wrth edrych arna i. Taswn i wedi meddwl, gallwn i fod wedi rhoi gwenwyn ynddo fe, fel mewn llyfr gan Agatha Christie. Ond wir, ble byddwn i wedi cael gafael ar wenwyn? Byddai e wedi blasu'r chwynladdwr, siŵr o fod? Y drafferth yw bod y gosb am wneud rhywbeth fel'na'n arwain at garchar am oes. Dim ots sut byddai pethau yn y pen draw, do'n i ddim yn mynd i adael i hynny ddigwydd.

Rhoddodd Meic glec i'w fysedd o flaen fy nhrwyn. 'Gwrando, ac ateb y cwestiwn,' meddai'n swta.

Roedd fy meddwl wedi crwydro eto. Gwell bod fel hyn na meddwl am gael fy llofruddio.

'Dw i ddim yn gwybod ble mae hi wedi mynd,' meddwn i. Roedd rhan ohono' i wedi bod yn gwrando. A dyna gwestiwn Dewi. 'Mae hi wedi mynd i ffwrdd,' dwedais wedyn. Ro'n i eisiau ateb y cwestiynau. Ro'n i eisiau i'r sgwrs barhau drwy'r dydd, os mai dyna ro'n nhw eisiau. Do'n i ddim eisiau meddwl beth fyddai'n digwydd ar ôl i'r sgwrs orffen.

'Dwed wrtha i, Teg,' meddai Dewi, gan nôl y gadair arall ac eistedd i lawr. 'Dwed wrtha i pam na all dy wraig ddioddef meddwl am dy adael di?'

Syllais arno. Ceisiais edrych fel taswn i'n meddwl yn galed am ei gwestiwn. Dim ond Carol fyddai'n dod o hyd i mi'n farw yma ac efallai na fyddai hi 'nôl am ddyddiau.

'Dw i ddim yn gwybod. Mae hi'n fy ngharu i,' atebais. Doedd Dewi ddim yn ddyn neis i edrych arno. Roedd ei groen yn goch a'i lygaid yn oer. Roedd y brychni'n amlwg ar ei wyneb gwelw. Dyna'r cyfan ro'n i'n gallu'i weld am eiliad. Ro'n nhw'n edrych fel gwe o ddotiau ar ei wyneb.

'Wyt ti'n gas wrthi hi, Tegid?' gofynnodd i mi'n sydyn, gan sibrwd, bron. Roedd e'n edrych yn graff arna i. Roedd e wir eisiau gwybod. Doedd e ddim wedi'i deall hi, druan â fe.

'Hi yw'r unig beth yn y byd sy'n bwysig i fi,' meddwn, a phwyso'n nes ato. Roedd hi'n amlwg bod hynny'n wir. Symudodd Dewi yn ei sedd. Tybed sut un oedd ei wraig fach gyffredin e? Oedd ganddo fe blant bach â gwallt coch ac wynebau esgyrnog? Dim rhyfedd ei fod e wedi dwlu ar Carol. Ro'n i bron yn teimlo trueni drosto fe.

'Fe ddylech chi adael y llanast 'ma,' meddwn i wrtho. 'Mae fy angen i arni hi, felly dw i'n aros. Unrhyw beth arall, unrhyw *un* arall – d'yn nhw'n golygu dim i ni.'

Ro'n i'n gweld ei fod e'n dadlau â fe ei hunan. Roedd e'n crynu wrth yfed y wisgi ar ei dalcen. Heb ei flasu, bron. Clywais y botel yn taro yn erbyn y gwydr wrth iddo'i lenwi eto. Do'n i ddim yn edrych ymlaen at ei gael e'n feddw yn y gegin.

Trodd Dewi yn ei sedd. 'Wyt ti'n gwisgo menig, Meic?' gofynnodd.

Edrychais i fyny a gweld bod Meic yn gwisgo menig. Roedd pâr gan Dewi hefyd. Yn sydyn ro'n i'n teimlo fel taswn i'n cwympo o'r awyr. Dyna'r peth mwyaf brawychus i mi ei glywed erioed. Cwestiwn bach syml. Pan drodd Dewi i edrych arna i eto, roedd yn rhaid i mi gydio'n dynn yn fy nwylo rhag iddyn nhw siglo.

'Fe allwn i wneud i ti ddiflannu, Tegid. Dim gŵr ganddi pan ddaw hi adref, ti'n deall? Efallai byddai lle wedyn i ddyn sy'n gwneud mwy na byw ar ei chefn hi. Dwyt ti ddim yn gweithio hyd yn oed, wyt ti, Tegid? Dim ond eistedd fan hyn a gwario'r arian mae hi'n ei ennill i ti. Ydy hynny'n gwneud i ti deimlo fel dyn, Tegid?'

'Fyddai hi byth yn eich cymryd chi 'nôl taswn i'n diflannu,' meddwn i'n araf. 'Mae hi'n gwybod mai chi anfonodd Meic y tro cyntaf. Fe fydd hi'n gwybod mai chi oedd e.' Ro'n i'n hoffi'r ffordd roedd pethau'n mynd. Dechreuais fynd i hwyl. 'Fe fydd hi'n eich casáu chi os caf i un clais bach arall, Mr Treharne. Dylech chi wybod hynny. Fydd dim diwedd hapus i'r stori heb i chi adael.'

Dyma fe'n eistedd 'nôl a meddwl am y peth am dipyn.

'Dw i'n gweld beth ti'n feddwl, Meic. Rwyt ti'n eistedd fan hyn yn eithaf hapus â dy din yn codi i'r gwynt.' Gwelais Meic yn gwenu y tu ôl i gefn Dewi. Do'n i ddim yn hollol siŵr beth oedd e'n feddwl chwaith, gyda llaw. Os oedd e'n meddwl 'mod i mewn twll, roedd hynny'n ddigon gwir.

Safodd Dewi ar ei draed. Yn sydyn, meddyliais ei fod e'n mynd i ddilyn fy nghyngor. Plygodd ei ben ataf.

'Hen ddyn bach sâl wyt ti, Tegid. Rwyt ti wedi gwneud i fenyw wych droi'n wan a . . . dw i ddim yn gwybod beth yw hi. Efallai dy fod ti'n iawn. Ddylwn i ddim dy ladd di. Ond efallai mai dyna fyddai orau. Er mwyn iddi hi gael gwared arnat ti, ti'n gwybod? Mae dy weld di'n eistedd fan'na'n edrych mor fodlon â ti dy hunan yn fy ngwylltio i, Tegid. Mae hi yn dy afael di, fel y dynion 'na sy'n curo menywod a'r rheiny wedyn yn dal i ddod 'nôl atyn nhw. Ond dw i ddim yn ddyn sy'n osgoi pethau sy'n anodd eu deall, Tegid. Dw i'n ddyn *ystyfnig*.'

Dwedodd e hyn fel rhywbeth roedd e wedi'i ddweud ganwaith o'r blaen, fel rhywbeth roedd e'n falch ohono. Allwn i wneud dim ond syllu arno fe wrth iddo gerdded o gwmpas Meic a sefyll yr ochr draw i'r gegin. Roedd yr ystafell yn teimlo'n fach gyda'r ddau'n llenwi'r drws.

'Fe arhosa i i weld, Meic, os nad oes ots gyda ti,' meddai Dewi.

'Pa mor bell dylwn i fynd?' gofynnodd Meic, gan edrych arna i.

Meddyliodd Dewi am eiliad.

'Fe fydda i eisiau rhoi cynnig arall ar hyn eto pan ddaw hi 'nôl, felly cadw'r cyfan o dan ei ddillad, iawn? Dysga rywbeth iddo fe. Torra gwpwl o fysedd, ond cuddia'r gweddill.'

Dechreuais weiddi'n syth. Ond ro'n i'n gwybod bod y cymdogion i gyd yn y gwaith. Doedd neb yno i roi help i mi.

Pennod 5

Llwyddais i gyrraedd Ysbyty Bronglais i gael sblint ar fy llaw. Ro'n i'n meddwl y bydden nhw'n gofyn cwestiynau lletchwith i mi. Ond y cyfan wnaethon nhw oedd gwneud i mi aros am chwe awr a wedyn dweud bod y lluniau pelydr-X yn dangos bod dau fys wedi torri. Y peth cyntaf ddwedais i wrth y nyrs yn y dderbynfa oedd, 'Dw i wedi torri dau fys,' ond doedd dim ots gyda fi. Ro'n nhw wedi rhoi tabledi i ladd y boen, roedd hi'n gynnes ac roedd peiriant i gael cwpanaid o de lliw oren. Ar ôl yr holl drafferth i gyrraedd y lle, roedd hi'n braf cael egwyl. Dyw llywio car ag un llaw ddim yn broblem, ond mac *newid gêr* a llywio car yn hunllef.

Dw i'n credu tasai rhywun wedi bod yn neis wrtha i, y byddwn i wedi gofyn am help, neu wedi mynd at yr heddlu. Roedd y meddygon yn brysur. Do'n nhw ddim eisiau gwneud mwy nag edrych ar rywun â phroblem fel fi. Ofynnodd y nyrs ddim byd chwaith wrth iddi roi'r sblint am fy llaw. Roedd hi wedi blino ac roedd llinell o chwys lle roedd ei gwallt yn cwrdd â'i thalcen. Bues i'n edrych yn hir ar y llinell yma wrth iddi wneud ei gwaith. Mae hi siŵr o fod yn rhyfedd gweithio drwy'r dydd gyda phobl sydd wedi cael anaf. Maen nhw'n dweud bod yr heddlu'n meddwl bod pawb yn ddrwg. Tybed a ydy meddygon yn meddwl mai sach o gnawd ac esgyrn yw pawb? Gwelais ddiferyn o waed ar y llawr tra o'n i yno, ond daeth rhywun i'w lanhau. Felly doedd dim rhaid i mi ysgrifennu i'r *Cambrian News*.

Dw i'n credu mai dyna pryd meddyliais i am ysgrifennu at fy mrawd. Ro'n i'n teimlo braidd yn rhyfedd ar ôl y tabledi lladd poen ac roedd presgripsiwn am fwy gyda fi hefyd. Daeth ychydig o flas cas i 'ngheg i eto. Ond, ar ôl llyncu'r tabledi, fe aeth y boen, diolch byth. Allwn i ddim mynd adref ac ro'n i'n methu dod o hyd i allweddi'r car. Ro'n i'n gwybod 'mod i wedi gyrru i'r ysbyty. Ond roedd y blydi pethau wedi cerdded rywle rhwng y dderbynfa a'r ystafell aros a'r ystafell aros am belydr-X a'r peiriant pelydr-X a safle'r nyrsys a'r holl fannau eraill ro'n i wedi bod ynddyn nhw. Allwn i ddim meddwl am fynd i chwilio amdanyn nhw. 'Sori, miss, ond ydych chi wedi gweld allweddi car? Ro'n i yma funud yn ôl' – dro ar ôl tro. Os o'n nhw ar goll, gallwn i gerdded adref, neu alw'r RAC neu esgus bod yn ferch ifanc ar ei phen ei hunan fel eu bod nhw'n dod yn gyflym. Doedd dim ots gyda fi am ddim byd nawr.

Yn y fferyllfa ar y llawr gwaelod, cefais botel o dabledi yn lle'r presgripsiwn. Prynais bapur, stampiau ac amlenni o'r siop bapurau fach. Mae'n *ddiflas* mewn ysbyty. Gwelais blentyn moel yn dioddef o ganser a meddwl sut roedd e'n byw o ddydd i ddydd. Mae amser yn symud yn araf iawn mewn ysbyty.

Allwn i ddim anfon y llythyr cyntaf ysgrifennais i. Llythyr oedd e i glirio 'mhen. Roedd e'n llythyr cas yn llawn rhegfeydd. Taswn i wedi anfon hwnnw, mae'n bosib y byddai 'mrawd wedi mynd â fi i ysbyty'r meddwl. Mae gwahaniaeth mawr rhwng person yn mynd i'r ysbyty ei hunan yn hytrach na chael rhywun arall yn mynd ag e. Ar wahân i gael triniaeth wahanol, y prif beth yw y gall gerdded mas pe bai'n gweld nyrsys yn dal rhywun i lawr wrth i hwnnw neu honno sgrechian a phoeri gwaed. Pan fo rhywun yn cael ei anfon yno, hyd yn oed am rywbeth fel iselder, chaiff e ddim gadael heb ganiatâd. Bydd e'n rhan o'r system wedyn a byddan nhw'n colli pob diddordeb mewn gwybod sut mae'r claf yn teimlo neu wybod beth sydd ei angen arno.

Torrais y llythyr yn ddarnau mân rhag ofn bod amser gan rywun sy'n gwagio biniau'r ysbyty i'w roi wrth ei gilydd. Gwnes i'n siŵr fod y darnau'n mynd i ddau fin gwahanol. Twp, dw i'n gwybod.

Roedd yr ail lythyr yn fyr. Dwedais fy mod i'n cael trafferth gyda Carol a do'n i ddim yn gwybod beth i'w wneud. A dweud y gwir do'n i ddim yn siŵr beth ro'n i'n gobeithio iddo'i wneud. Allwn i ddim delio â Dewi Treharne ac allwn i ddim gweld ffordd o ddianc. Dyna pryd mae'n rhaid gofyn am help. Does dim syniad beth fydd yr help. Taswn i'n gwybod, fyddai dim rhaid gofyn. Rhoddais y llythyr ym mlwch postio'r ysbyty a cherdded mas heb edrych 'nôl. Dyna ni. Cawn weld a fyddai e'n cynnig help neu beidio.

Ddau ddiwrnod yn ddiweddarach, gadawodd neges ar y ffôn ateb yn dweud ei fod ar ei ffordd. Dim mwy. Dim ond deg eiliad o'i lais a minnau'n eistedd ac yn gwylio'r peiriant. Daeth atgofion diflas 'nôl wrth glywed ei lais. Cydiais yn y botel wisgi hanner gwag er mwyn cadw'n gynnes, gwisgo fy siwt dywyll ac ysgrifennu llythyr at Carol. Gadewais y llythyr ar fwrdd y gegin lle byddai'n ei weld petai hi'n dod 'nôl. Wedyn cerddais i lawr i'r traeth. Pan oedd hi'n dywyll, es i sefyll ar lan y môr du, ac edrych allan. Gorffennais y wisgi ac yfed ychydig o ddŵr y môr i dorri'r blas. Roedd e'n chwerw fel fi. Dyna pryd anghofiais i am deimlo'n oer, a cherdded i mewn i'r dŵr.

Dw i ddim yn gwybod pa mor hir fues i yno cyn iddo fe ddod o hyd i mi. Roedd e wedi darllen y llythyr ar y bwrdd, fel ro'n i wedi disgwyl.

Dwedais yr hanes i gyd wrtho wrth i ni gerdded 'nôl ar hyd strydoedd tywyll Aber. Roedd y gwynt wedi codi ac ro'n i'n crynu. Felly tynnodd ei gôt a'i rhoi i mi. Roedd hi'n drewi o sigârs ac *aftershave* dieithr. Roedd hi'n gôt well nag unrhyw gôt fuodd 'da fi erioed. Roedd hi'n teimlo'n drwm ac yn feddal fel y teimlad o ddechrau teimlo'n euog.

Ddwedodd e ddim byd llawer wrth i ni gerdded gyda'n gilydd. Dim ond holi ambell gwestiwn am Dewi a Meic, beth ro'n i'n feddwl amdanyn nhw. Roedd rhaid i mi ddweud mwy nag ro'n i eisiau'i ddweud am Carol, neu fyddai'r stori ddim yn gwneud synnwyr. Dwedais y cyfan o dipyn i beth. Unwaith edrychodd e arna i ac ysgwyd ei ben yn araf mewn syndod.

'Ac rwyt ti eisiau ei chael hi 'nôl?' meddai. Ro'n i'n ei gasáu e pan ddwedodd e 'na.

Dwedais bopeth ro'n i'n gallu'i gofio wrtho. Popeth allai ei helpu i ddeall y ddau ddyn oedd wedi dod i 'mywyd i a 'ngwthio i i'r pen. Ceisiais beidio â meddwl am y ffaith fy mod i'n ystyried eu lladd nhw. Neu o leia'n fodlon iddyn nhw gael eu lladd yn fy enw i. Ro'n i eisiau cael gwared arnyn nhw, a rhywbryd, pan o'n i'n cael fy nghuro yn y gegin yr ail dro, teimlwn nad oedd dim ots gyda fi sut. Mae cywilydd yn gwneud i ddynion wylltio. Mae'n beryglus chwerthin am ben dyn ofnus.

Roedd hi'n rhy oer i fwynhau'r sgwrs â 'mrawd, ond gallwn weld ei fod e'n mwynhau. Hyd yn oed heb ei gôt, roedd y stori'n rhy ddiddorol iddo fe deimlo'r gwynt yn dod o'r môr. Roedd e'n symud ei ddwylo'n sydyn wrth siarad. Chwarddodd pan ddisgrifiais Meic. Gofynnodd i mi ailadrodd y manylion er mwyn iddo allu eu nabod pan fyddai'n eu gweld.

Do'n i ddim wedi sylweddoli faint o waith trefnu sydd i gael gwared ar ddau ddyn o'r byd. Yn lwcus, doedd neb arall yn gwybod bod fy mrawd gyda fi. Roedd e wedi parcio'r car filltir o'r tŷ ac wedi cerdded. Doedd dim syniad gan neb ble roedd e. Fyddai neb yn gallu dweud ei fod e'n rhan o'r peth. Am rai diwrnodau, o leiaf, roedd e'n mynd i fwynhau ei hunan. Heb deimlo'n euog.

Eisteddon ni wrth fwrdd y gegin. Rhegodd pan ddwedais wrtho nad oedd dim byd ar ôl i'w yfed. Ro'n i wedi taflu'r botel wag o wisgi i'r môr cyn iddo fe ddod.

'Rwyt ti wedi gweld Meic ar ei ben ei hunan, felly d'yn nhw ddim gyda'i gilydd drwy'r amser,' meddai, gan feddwl yn uchel. 'Fe fyddai'n haws i fi taswn i'n gallu dal un ar y tro.'

'Ond os gwnei di gamsyniad a chael dy ddal, fe fydd y llall yn fy lladd i.'

'Neu fe fyddet ti'n ei ladd e, frawd bach. Paid â meddwl nad ydw i'n dy nabod di,' meddai, a golwg ryfedd yn ei lygaid. Cofiais e'n cicio pen llipa'r dyn y tu fas i'r clwb nos. Aeth ias i lawr fy nghefn.

'Fe fyddwn i'n gwneud fy ngorau,' addewais iddo. Nodiodd.

'Fe fyddet ti'n gwneud dy orau i achub Carol. Dw i'n gwybod y byddet ti.'

Do'n i ddim eisiau ei glywed yn sôn amdani hi. Ro'n i eisiau meddwl am y broblem, nid beth fyddai'n digwydd wedyn. Do'n i ddim eisiau iddi hi wybod dim am y peth. Bydden nhw'n dod o hyd i Dewi yn rhywle a phawb yn meddwl mai un o'i bartneriaid busnes cas oedd yn gyfrifol. Fyddai neb yn fy amau i a fyddai neb yn gwybod bod fy mrawd wedi bod yn Aber. Ro'n i eisiau i bopeth fod yn lân.

'Cofia di, yr unig ffordd o'i gael e i rywle lle gallwn ni baratoi pethe yw dweud wrtho fe fod Carol eisiau'i weld e. Mewn rhyw dafarn gyda'r nos, dwed. Pan fydd e'n blino aros, fe fydd e'n dod mas i'r tywyllwch i'r maes parcio ac fe fydda i'n rhoi triniaeth gas iddo fe am ddeg eiliad neu fwy.' Roedd e'n edrych fel tasai e'n mwynhau meddwl am y peth. Roedd rhaid i mi lyncu'n galed i glirio'r blas cas oedd yn codi o dan fy nhafod.

'Mae'n rhy beryglus. Alli di ddim bod yn siŵr pryd daw e mas o'r dafarn. Efallai bydd teulu'n sefyll ar bwys y car, neu griw o feddwon yn piso yn y gwter – tystion. Hyd yn oed taset ti'n gallu . . . stopio un ohonyn nhw, byddai'r llall yn gweiddi, neu'n rhedeg. Fydden ni byth yn llwyddo. Dwyt ti ddim yn gall i feddwl y gallet ti —'

'Iawn, Teg, paid â gwylltu,' meddai'n swta, a thorri ar fy nhraws. 'Cer lawr i'r siop cyn iddi gau, wnei di, a phrynu rhywbeth cryfach na sudd oren. Falle bydd y syniadau'n llifo wedyn.' Wedyn gwenodd, yn oer a bodlon. Ro'n i eisiau chwydu. 'Y syniad gorau yw eu cael nhw i ddod fan hyn, i'r tŷ,' meddai, gan edrych o gwmpas y gegin. 'Fe allwn ni reoli popeth fan hyn. Mae gyda fe ddyn caled sy'n defnyddio ei ddyrnau ac yn torri bysedd. Fe alli di ddweud mai amddiffyn dy hunan o't ti. Fyddan nhw byth yn gwybod dy fod ti wedi cael help.'

'Wyt ti'n gwisgo menig?' gofynnais iddo'n sydyn. Oedd.

'Dyna ni, Teg, fachgen. Rwyt ti wedi dechrau meddwl.'

Agorodd drws y ffrynt a neidiais ar fy nhraed mewn ofn. Symudodd fy mrawd ddim. Pan welodd pwy oedd yno, dim ond gwenu wnaeth e. Roedd ei lygaid yn llawn diddordeb.

'Helô Carol, cariad,' meddai. 'Ddest ti â rhywbeth i'w yfed?'

Gwelais hi'n edrych arna i ac yna arno fe. Roedd hi'n meddwl tybed beth ro'n ni wedi bod yn ei drafod. Roedd hi'n edrych wedi ymlacio ac roedd hi wedi bod yn torri'i gwallt. Rocdd bag ncwydd ar ei hysgwydd. Roedd hi'n edrych yn hardd, fel arfer. Esgidiau newydd hefyd, sylwais, pan edrychais i lawr.

'Mae bob amser yn neis gweld rhywun o deulu Teg,' meddai'n oer. Roedd ei llygaid yn dangos mai rhaffu celwyddau roedd hi. Gallwn deimlo eu bod nhw'n casáu ei gilydd. Meddyliais tybed a fydden nhw'n ymladd taswn i'n mynd i nôl wisgi. Nawr byddai o leiaf un person yn gwybod bod fy mrawd wedi ymweld ag Aber. Dechreuodd fy stumog gorddi. Pam na allai hi fod wedi treulio diwrnod neu ddau arall yn ymlacio neu beth bynnag roedd hi'n wneud ar y tripiau 'ma?

'Gwell mynd i'r gwely,' meddai, ac esgus agor ei cheg. 'Fe wela i chi fory.' Chododd fy mrawd mo'i ben. Ar ôl iddi fynd, sylweddolais nad oedd hi wedi gofyn beth oedd wedi digwydd i fy llaw. Ro'n i bron yn siŵr nad oedd hi wedi sylwi arni. Roedd hi wedi disgwyl croeso ond yn lle hynny ro'n ni'n edrych . . . wel, fel dau ddyn drwg yn trefnu sut i ladd rhywun.

Pwysodd fy mrawd ymlaen a siarad yn dawel iawn. 'Trueni ei bod hi wedi dod 'nôl,' meddai. Wedyn gwenodd. 'Ond d'yn ni ddim yn mynd i ddwyn o fanc. Fydd dim angen llawer o amser i drefnu'r peth. Gwna di'n siŵr ei bod hi wedi mynd yn ddigon pell pan gawn ni dy ddau ffrind di i'r gegin am y tro olaf.'

'Fe fydd hi'n siŵr o ddweud wrth yr heddlu i ti fod yma,' meddwn i, yn dawel hefyd. Allwn i ddim edrych yn ei lygaid. Ond roedd rhaid ystyried y peth. Fyddai'r heddlu ddim yn chwilio am un dyn yn amddiffyn ei hunan yn erbyn dau ddyn drwg. Bydden nhw'n edrych am frawd y dyn, oedd wedi diflannu o Aber y diwrnod ar ôl i ddau berson gael eu lladd. Pan edrychais arno, roedd e'n gwgu. Roedd e'n meddwl am y peth.

Ar ôl i mi fod yn ei wylio am sbel, meddai, 'Pam nad ei di i nôl y blydi wisgi 'na tra bydda i'n meddwl?'

Dyma fi'n mynd.

Pennod 6

Dihunais yn sydyn. Roedd hi wedi gwneud sŵn bach wrth wisgo. Dyna lle roedd hi'n sefyll yn ei bra a'i nicer, yn tynnu ei sgert amdani. Roedd hi'n cysgu pan o'n i wedi dod i'r gwely'r noson cynt. Neu roedd hi'n esgus cysgu. Gwelodd fi'n symud yn nrych y cwpwrdd dillad. Dyma ni'n edrych ar ein gilydd am eiliad hir. Gwelais ei llygaid yn symud a hithau'n gweld fy llaw mewn sblint. Roedd hi'n fawr ac yn wyn ar y cwilt. Roedd crys-T yn cuddio'r cleisiau eraill.

'Fe rwygais i ddau ewin wrth newid teiar y car,' meddwn i, wrth iddi dynnu wyneb. 'Fe ddylet ti weld golwg fy llaw i.'

'Dim diolch, Teg. Mae'n rhaid i mi fynd.'

Roedd hi'n hanner awr yn gynt na phan fydd hi'n gadael fel arfer. Allwn i ddim peidio ag edrych ar y cloc larwm. Edrychodd hi i ffwrdd wrth i mi wneud hynny, diolch byth. Tynnodd goler ei blows yn syth yn y drych. Roedd hi eisiau gadael y tŷ cyn i 'mrawd godi. Weithiau dw i'n gallu ei darllen hi i'r dim.

'Dim ond am ddiwrnod neu ddau bydd e 'ma,' meddwn i.

Nodiodd. Roedd ei cheg yn un llinell syth ac yn wyn heb y minlliw. Gorffennodd baratoi ei hunan a gadael yr ystafell. Dim ond arogl persawr oedd yn yr awyr ar ôl iddi fynd. Ro'n i'n hoffi gwylio'r newid, o'r gwallt anniben i'r wraig sy'n gwerthu tai smart.

Fy mrawd oedd wedi meddwl am y celwydd am y bysedd wedi torri. Taswn i wedi dweud wrthi bod Dewi wedi dod 'nôl, gallai hi fod wedi mynd at yr heddlu. Neu'n waeth na hynny, gallai fod wedi'i ffonio fe o'i swyddfa. Gallai hi ei ffonio fe o hyd, wrth gwrs. Ond ro'n i'n credu Dewi pan ddwedodd e ei bod hi wedi dod â'r cyfan i ben. Neu o leiaf ro'n i'n credu ei fod e'n teimlo'n grac. Roedd hynny'n rhyfedd. Fyddwn i ddim wedi credu Carol.

Roedd siawns o hyd y byddai'n ffonio Dewi. Ro'n ni'n gwybod bod rhaid i ni symud yn gyflym. Wrth iddi gau'r drws ffrynt, clywais fy mrawd yn dechrau cael cawod. Heddiw oedd y dydd. Erbyn iddi ddod 'nôl o'r gwaith, byddai popeth yn iawn.

Gwisgais ŵn nos amdanaf pan glywais y gawod yn gwichian wrth stopio. Roedd hi'n rhyfedd camu allan i'r landin a gweld fy mrawd yn sefyll yno. Dw i'n credu mai'r tro diwethaf i mi ei weld â thywel am ei ganol oedd pan o'n ni'n fechgyn ifanc. Sylwais ei fod e'n edrych yn llawer cryfach. Doedd dim braster arno fe o gwbl. Roedd e'n edrych fel dyn ffit iawn. Mae'n haws i ddynion sydd â lefelau uchel o testosteron fod felly. Maen nhw'n mwynhau ymarfer mwy na dynion eraill, hyd at y trawiad ar y galon sy'n eu lladd nhw. Plygais fy mreichiau dros flaen y gŵn gwisgo a gwenu arno. Ro'n ni'n dau wedi trefnu popeth, ond roedd fy nghalon yn curo fel gordd.

'Wyt ti'n barod, frawd bach? Dwyt ti ddim wedi ailfeddwl?' gofynnodd i mi. Roedd yn amlwg wrth ei lais ei fod e'n mwynhau'r cyfan. Doedd e ddim yn edrych yn nerfus o gwbl.

'Na, dw i ddim wedi ailfeddwl,' meddwn i.

Roedd yn rhaid symud yn gyflym wedi hynny. Roedd hi'n bosibl y byddai Dewi'n clywed bod Carol 'nôl yn y gwaith. Efallai ei fod e'n cerdded heibio i'r swyddfa bob bore, neu'n talu rhywun i roi gwybod iddo amdani. Rhaid 'mod i'n nerfus, ond roedd rhaid symud yn gyflym. Un cyfle oedd gyda ni, yn ôl fy mrawd. Hyd yn oed gyda Carol yn gwybod ei fod yn Aber, byddai popeth yn iawn, meddai. Roedd e wedi siarad yn y llys yn achos Llew

Bowen ac roedd popeth wedi bod yn iawn. Gallai wneud yr un peth eto.

Eisteddais yn y gegin a'r ffôn ar y bwrdd o 'mlaen i. Ro'n i'n edrych ar y ffôn, yn mynd dros bopeth yn fy mhen. Peth digon hawdd oedd meddwl am y cyfan yn fy mhen. Ond ar ôl codi'r ffôn a gwasgu'r rhifau, dyna pryd byddai pethau'n dechrau go iawn. Wedi hynny, byddai'n union fel camu oddi ar glogwyn – dyw hi ddim yn bosibl newid meddwl hanner ffordd i lawr.

'Cer dros y cyfan gyda fi eto,' mynnodd fy mrawd. Dyna'r tro cyntaf i mi ei weld yn nerfus. Ysgydwais fy mhen, a mynd dros beth ro'n ni wedi'i baratoi. Byddai Dewi'n siŵr o ddod i'r tŷ. Roedd hynny'n sicr.

Edrychais arno'n arllwys gwydraid o'r wisgi ro'n i wedi'i brynu'r noson cynt. Neidiais 'nôl yn sydyn wrth i'w law symud, ond aeth y rhan fwyaf dros fy wyneb. Gwaeddais allan yn grac, gan gofio i Meic wneud yr un peth.

'Beth ddiawl wyt ti'n wneud?' meddwn i, gan ddal un llygad ar gau rhag iddo losgi.

'Nawr rwyt ti'n barod i ffonio,' meddai, a chwerthin am fy mhen. 'Ro't ti wedi ymlacio ychydig bach yn ormod. Iawn. Ffonia fe.'

Edrychais ar y darn papur wrth y ffôn gyda rhif Dewi Treharne arno. Dim ond un alwad i holi am y rhif wnes i, ac ro'n i wedi cael yr hyn ro'n i ei eisiau. Gwasgais y rhifau a thynnu anadl ddofn.

'WT Cyf.' Llais menyw. Do'n i ddim yn nabod y llais. Ysgrifenyddes efallai. Ro'n i'n dal yn bwyllog. Dyna'r rhif ro'n i wedi'i gael.

'Rhowch Dewi Treharne i fi,' meddwn i. Roedd y geiriau'n llusgo braidd. Yn rhyfedd iawn, roedd arogl y wisgi'n fy helpu.

'Pwy sy'n siarad?' gofynnodd. Teimlais flas cas yr asid yn fy ngheg.

'Ewch i'w nôl e. Dwedwch wrtho fe am ddod i glirio'r cawdel 'ma. Iawn? Dwedwch wrtho fe . . .'

Clywais sŵn clician ar y lein ac ro'n i'n barod pan ddaeth y llais newydd.

'Pwy sy 'na?' Meic. Dyna'r llais ro'n i eisiau ei glywed.

'Y bastard,' meddwn wrtho'n gas. 'Mae hi wedi marw a Dewi blydi Treharne sydd ar fai, yntife? Cer i ddiawl, y . . .' Gorffennais siarad, gan snwffian yn feddw fel taswn i'n llefain, neu'n gwasgu llaw yn erbyn fy wyneb. Yna, cyfle i'r dyn ymateb.

'Teg? Pwy sy wedi marw? Ddim Carol? Teg, ti sy 'na?' Perffaith. Gallwn glywed yr ofn yn ei lais. Dim ond dechrau oedd hyn.

'Tabledi!' Poerais y gair i mewn i'r ffôn, a gadael wisgi a phoer drosto i gyd. 'Roedd rhaid i chi wthio a gwthio, on'd oedd e, Meic? Ti a Dewi. Gwthio'n ddidrugaredd, a nawr mae Carol wedi marw. Wir i ti, dw i'n —'

Aeth fy mrawd â'r ffôn oddi wrtha i a gwasgu'r botwm er mwyn dod â'r alwad i ben. Roedd ei wyneb yn llawn syndod tawel.

'Roedd hwnna'n berffaith, Teg, fachgen. Fe ddylai hwnna ddod â nhw draw,' meddai. Plygais fy mhen, a sychu fy ngheg.

'Gwell i ni baratoi,' meddai, gan roi'r ffôn 'nôl yn swnllyd yn ei le. Roedd e wedi dod â bag o'r car. Gwyliais wrth iddo dynnu darn troedfedd a hanner o haearn ohono. Codais e. Roedd e'n ffitio'n dwt yn fy llaw. Dyma fi'n esgus taro penglog a'i weld yn torri'n ddarnau.

Ces i syndod o weld fod sawl darn arall o beipen ac offer yn y bag.

'Handi ar gyfer wedyn,' meddai. 'Mae'n egluro pam roedd rhywbeth gyda ti i'w lladd nhw yn y gegin, on'd yw e?' Gwenodd yn gas, ac agor y cwpwrdd o dan y sinc. Dangosodd sut roedd e wedi tynnu'r tiwbiau plastig yn rhydd. 'Fyddan nhw ddim yn gofyn, falle. Ond os gwnân nhw, fe welan nhw fod ychydig o waith ar y gweill. Ro'n i wrthi'n gwneud y gwaith ond torrodd un darn. Wedyn roedd rhaid i mi fynd mas i chwilio am le sy'n gwerthu darn arall yr un peth. Tra o'n i i ffwrdd, mae dau ddyn sydd wedi dy fygwth di o'r blaen yn dod i'r tŷ.'

Edrychais arno fe. Dw i'n siŵr ei fod e'n llai nerfus nag o'n i. Ymhen ychydig funudau roedd Dewi Treharne yn mynd i ruthro i'r tŷ am yr ail dro. Tynnais garton o laeth o'r cwpwrdd oer a'i yfed i dawelu fy stumog.

Rhoddodd fy mrawd ei law yn ei siaced a dangos cyllell gas yr olwg. 'Maen nhw'n dod â hon gyda nhw. Mae rhai tebyg ym mhob siop sy'n gwerthu metel yn y dref. Felly, rwyt ti'n cael ofn ac yn defnyddio'r beipen i'w cadw nhw draw. Rwyt ti'n galw'r heddlu, a chyn iddyn nhw gyrraedd dw i'n dod 'nôl. Fe atebwn ni eu cwestiynau nhw gyda'n gilydd.'

'Wyt ti'n meddwl y bydd popeth yn iawn?' gofynnais iddo.

Cododd ei ysgwyddau. 'Wnaiff e ddim cyrraedd y llys hyd yn oed. Dau yn erbyn un? Amddiffyn dy hunan ro't ti, Teg. Dim problem o gwbl. Gwranda di arna i a bydd popeth yn iawn, ocê?'

Edrychais ar ei lygaid a theimlais y dagrau'n dod. Nodiais a throi fy mhen, gan wybod iddo weld y dagrau.

'Meddwl ar waith, nawr, Teg. Fe ddylen nhw fod 'ma unrhyw funud. Ti sydd â'r rhan rwydd. Eistedd yn y gegin fel trefnon ni. Yfa wisgi, os wyt ti eisiau. Edrych yn ddiflas.'

Wrth i fi eistedd, aeth fy mrawd i ddrws y ffrynt a'i adael heb ei gloi. 'Atgoffa fi i dorri'r clo wedyn,' meddai wrth ddod 'nôl i'r gegin a sefyll y tu ôl i'r drws. Pwysodd y bar metel yn ei law. Allwn i ddim edrych arno.

Y tu allan, clywon ni sŵn rhuo injan car yn dod yn nes. Roedd e'n cael ei yrru'n rhy gyflym. Sgrechiodd y brêc wrth iddo ddod i stop. Tynnais anadl ddofn.

Pennod 7

Daeth Dewi Treharne i mewn i'r tŷ am 9.28 y bore. Edrychais ar y cloc ar y wal, felly dw i'n gwybod. Rhoddodd ergyd mor galed i'r drws, byddai wedi bwrw'r clo i ffwrdd tasai'r drws ar glo. Agorodd y drws, bwrw yn erbyn y wal, a tharo ysgwydd Dewi wrth iddo wthio'i ffordd i mewn. Ro'n i wedi'i ddarllen e'n iawn. Ro'n i'n falch o weld hynny. Ro'n i wedi dweud wrth fy mrawd na fyddai e'n anfon Meic i mewn gyntaf, os oedd e'n wyllt gacwn. Doedd fy mrawd ddim yn poeni am y peth, ond ro'n i eisiau i Dewi ddod i mewn gyntaf. Fe oedd yr un peryglus, nid Meic. Ro'n i'n gwybod hynny o'r dechrau.

Doedd dim syniad gyda fe beth oedd yn digwydd. Gallwn weld hynny o'r eiliad pan welodd e fi yn y gegin. Ro'n i'n edrych yn ofnadwy. Dagrau dros fy wyneb, a golwg fel cwningen ofnus. Doedd hi ddim yn hawdd actio gan wybod bod rhywun yn mynd i farw yn y munudau nesaf, a falle mai fi fyddai'r person hwnnw.

'Ble mae hi?' rhuodd. Roedd ei fochau'n goch. Am eiliad ro'n i'n meddwl y byddai'n rhedeg lan lofft i chwilio'r ystafelloedd gwely amdani. Ysgydwais fy mhen a phwyntio at y gegin. Gwgodd arna i a gwelais ei ddyrnau'n codi wrth iddo gamu drwy'r drws. Roedd Meic yn gysgod yn y cyntedd y tu ôl iddo. Gwyliais Dewi wrth i 'mrawd daro. Duw mawr, roedd e'n gyflym. Welais i ddim byd tebyg.

Nid sŵn crensian oedd e. Sŵn fel bag o flawd yn torri, sŵn trwm a meddal. Ro'n i'n syllu'n syth ar Dewi, a dw i'n siŵr i mi weld blaen y bar yn suddo i'w ben e cyn symud 'nôl. Cwympodd Dewi i'r llawr. Rhoddodd fy mrawd ergyd arall iddo wrth iddo gwympo, ac un arall eto. Cofiais am y ffordd roedd e wedi cicio a chicio'r dyn y tu allan i'r clwb. Roedd hi'n amlwg ei fod e wedi lladd rhywun o leiaf unwaith o'r blaen. Ambell dro, bydd y celwyddau byddwn ni'n eu dweud wrth ein hunain yn diflannu. Dyna ddigwyddodd wrth weld Dewi Treharne yn cwympo.

Wnaeth fy mrawd ddim edrych ar Meic. Roedd e'n sefyll yn syn yn y drws, a'i geg yn agored mewn arswyd. Yn lle hynny, edrychodd fy mrawd mawr arna i, a gwenu. Doedd dim ots ganddo fod Meic yno. Gwyliais wrth i 'mrawd roi pwt i Dewi â'i droed. Symudodd y corff ychydig bach ac ro'n i'n meddwl y byddwn i'n colli fy mrecwast.

'Wedi marw, neu'n gabetsien,' meddai. Dw i bron yn siŵr iddo chwerthin. Do'n i erioed wedi'i weld e'n hapusach. Mae'n amlwg nawr pam mae e bob amser wedi codi ofn arna i. Nid beth roedd e *yn* ei wneud oedd yn codi ofn arna i, ond beth *gallai* ei wneud.

Dechreuodd Meic symud. Ro'n i'n falch na allwn weld wyneb fy mrawd wrth iddo droi i orffen y gwaith. Mae siarcod yn y byd ac, fel Llew Bowen, doedd Meic ddim yn barod i wynebu siarc mwy na fe yn y gegin y diwrnod hwnnw. Gwelais ef yn mynd i'w boced i chwilio am ryw fath o arf. Wnaeth fy mrawd ddim byd i'w rwystro. Y cyfan wnaeth e oedd taro'r bar ar ochr pen Meic, a thorri rhywbeth yn ei ben e. Cwympodd Meic bron mor gyflym â Dewi.

Codais ar fy nhraed mewn breuddwyd. Ro'n i'n teimlo trueni dros Meic. Dyn oedd yn cael ei dalu am wneud job o waith oedd e, wedi'r cyfan. Ond wedi dweud hynny ro'n i wedi'i weld e'n troi fy mysedd nes eu bod nhw'n torri. Wnes i ddim byd i'w achub e, dim byd o gwbl.

Roedd Meic yn codi ofn ar bobl bob amser gan ei fod yn edrych yn fawr a chryf, er nad oedd e'n gyflym. Roedd hi'n syndod gweld pa mor fawr roedd fy mrawd yn edrych wrth iddo roi ergyd arall iddo. Mae ofn yn gwneud i ddyn fynd yn fach i gyd, ac mae dewrder yn gwneud iddo chwyddo. Dw i wedi sylwi ar hynny o'r blaen.

Ro'n i wedi dod o hyd i ddarn o beipen fy hunan yn y bag oedd gyda 'mrawd. Dw i ddim yn credu iddo fy nghlywed i'n dod. Hyd yn oed os clywodd e fi, doedd e ddim yn disgwyl i mi roi ergyd iddo fe â'r beipen gyda chryfder blynyddoedd o ofn a chasineb. Ro'n i wedi'i weld e'n torri penglog rai eiliadau cyn hynny a dw i'n falch o allu dweud 'mod i wedi gwneud gwaith da hefyd. Lladdais i fy mrawd wrth iddo daro Meic yr ail dro. Roedd y ddwy ergyd i'w clywed bron yr un pryd. Cwympodd ar ei ochr dros y ddau gorff arall. Symudodd e ddim ac ro'n i bron â'i adael e. Ond roedd e wedi meddwl bod angen dwy ergyd ar Meic i fod yn siŵr. Felly daliais fy anadl a tharo'r beipen ar ei ben e hefyd am yr ail waith. Roedd e'n feddal yn barod. Roedd ei lygaid ar agor a dw i ddim yn credu'i fod e'n gallu teimlo dim. Roedd yr ergyd gyntaf wedi bod yn ddigon caled. Roedd peth gwaed yn diferu, ond doedd pethau ddim yn rhy ddrwg. Roedd y rhan fwyaf ar y cyrff ac wedi tasgu dros y gegin. Roedd hi'n edrych yn union fel roedd e wedi dweud, fel rhywle lle roedd ymladd wedi bod.

Sefais ac edrych arnyn nhw am dipyn, dw i ddim yn siŵr am faint. Aeth y cyfan yn ormod i'm stumog, wrth gwrs. Felly gwastraffais rai munudau'n chwydu yn y sinc ac yn meddwl beth ddylwn i wneud ag e. Cael gwared arno neu'i adael e, i ddangos pa effaith gafodd y cyfan arna i. Ei adael e wnes i yn y diwedd. Byddai'r heddlu'n dod i ofyn cyn hir ac ro'n i'n gwybod y gallen nhw holi rhywun yn dwll. Roedd un peth ddywedodd fy mrawd yn wir. Roedd hi hyd yn oed yn haws dweud mai amddiffyn fy hunan ro'n i ac yntau'n farw hefyd. Efallai byddwn i'n arwr erbyn y diwedd.

Ar ôl i'm stumog setlo, eisteddais wrth fwrdd y gegin ac arllwys gwydraid bach i'r tri ohonyn nhw.

Codais y gwydryn i fy mrawd. 'Dyma ni – i fod yn fwy doeth, 'rhen frawd. Ddylet ti byth fod wedi cysgu gyda hi,' meddwn wrtho. 'Roedd hynny'n ormod i mi. Ond dyna ni, dw i wedi anghofio'r cyfan nawr.'

Sylwais fy mod i'n chwerthin, a'i bod hi'n ymdrech peidio. Tybed oedd e'n gwybod 'mod i wedi clywed y cyfan. Roedd Carol wedi dweud wrtha i rywbryd pan o'n ni'n dadlau. Doedd e ddim yn teimlo'n euog am ddim byd. Dw i'n siŵr ei fod e wedi dwlu dod o hyd i fenyw bert oedd yn fodlon gwastraffu prynhawn gyda fe, dim ots pwy oedd ei gŵr hi. Roedd hi'n rhyfedd sut ro'n nhw wedi bod yn bihafio ar ôl i mi ddod i wybod. Ond roedd popeth wedi suro wedyn; gallwn weld hynny beth bynnag. Efallai iddi wrthod yr ail dro, neu iddo fe ei gwrthod hi. Doedd dim gwahaniaeth nawr.

Roedd hi'n rhyfedd gweld y cyrff yn y gegin. Ro'n i wedi gweld y peth yn fy meddwl sawl gwaith, ond nawr roedd y cyfan yn wir ac roedd amser yn sefyll yn stond. Digon i godi ofn ar rywun. Peth fel'na yw bywyd go iawn.

Ro'n i wedi trefnu'r cyfan wrth sefyll yn y môr rhewllyd yn aros i 'mrawd ddarllen y nodyn ro'n i wedi'i adael i Carol. Dw i'n cofio poeni y gallai fod wedi cael damwain neu deiar fflat ac y byddai'r holl ymdrech yn ofer. Ro'n i'n *gwybod* y byddai'n fodlon ymladd drosto' i ar ôl fy ngweld i yn y môr. Fi oedd ei wendid e. Dw i ddim yn credu ei fod e'n hidio am neb arall. Does dim cywilydd arna i ddweud bod dagrau yn fy llygaid am sbel, wrth edrych arno. Mae brodyr yn agos.

Doedd dim rhaid i mi ei berswadio fe o gwbl ar ôl iddo fe fy ngweld i'n sefyll mewn troedfedd o ddŵr tywyll, yn ceisio dychmygu sut brofiad oedd cyflawni hunanladdiad. Allai pethau ddim fod wedi mynd yn well, wir. Ro'n i wedi talu fy nyledion i gyd, ac ro'n i'n rhyw hanner gobeithio bod Llew Bowen yn gwybod hynny.

Byddai'r heddlu'n derbyn fy stori, taswn i'n gadael digon o fylchau ynddi, oherwydd yr holl sioc. Doedd hi ddim yn anodd creu'r stori. Ro'n i wedi gadael iddo fe fy arwain i i'r union fan lle ro'n i eisiau mynd. Dim ond dau frawd yn cywiro peipen yn y gegin a dau ddyn drwg yn dod i ymosod arnyn nhw. Tybed a ddylwn i sôn wrth yr heddlu am Carol. Na. Do'n i ddim eisiau iddyn nhw wybod bod rheswm gyda fi dros eu lladd nhw. Ro'n i'n meddwl y bydden nhw'n credu bod Dewi wedi dwlu arni ond doedd dim eisiau sôn bod y ddau wedi cysgu gyda'i gilydd. Roedd y stori'n gweithio'n dda.

Cerddais allan o'r drws ffrynt, a'i gau y tu ôl i mi. Roedd y cymdogion yn y gwaith fel arfer. Felly fyddai dim tystion i'r heddlu eu holi. Roedd yn rhaid i mi fwrw fy ysgwydd yn erbyn y clo sawl gwaith cyn ei dorri. Clais arall i'w ddangos i'r heddlu pan fyddwn i'n dweud wrthyn nhw sut roedd Dewi Treharne wedi fy nhrin i. Perffaith.

Cofiais roi'r beipen yn llaw Meic wrth i mi roi'r stwff oedd yn bag y plymwr dros y llawr i gyd. Des i o hyd i gyllell arall yn ei boced arall, yr un roedd e wedi bod yn chwilio amdani pan fwrodd fy mrawd e i'r llawr. Ar ôl meddwl am dipyn, rhoddais hi yn ei law arall, gan gymryd gofal gydag olion fy mysedd i.

Roedd llawer o bethau i'w cofio. Roedd gwaed wedi tasgu dros fy nillad i, ond doedd hynny ddim yn broblem. Byddai'r heddlu'n dechrau amau tasai dim gwaed o gwbl mewn lle mor fach, a thri dyn wedi'u curo i farwolaeth. Ro'n i'n falch 'mod i'n gallu meddwl mor glir. Ro'n i'n edrych ar bob problem ac yn ei datrys hi.

Pan eisteddais o'r diwedd, roedd y ffôn yn fy llaw i'w ffonio nhw. Ro'n i wedi gwneud popeth posibl ac ro'n i'n meddwl, dim problem, Teg, fydd neb yn dy amau di. Dwedais y geiriau'n uchel, hyd yn oed, a'r cyrff 'na'n gorwedd ar y llawr ac yn gwaedu. Roedd yr holl waed yn sioc. Mae'n anodd credu bod cymaint o waed mewn corff. A dyw hi ddim yn wir chwaith nad yw dynion marw'n gwaedu. Buodd y rhain yn gwaedu, am dipyn beth bynnag. Roedd gwaed dros y gegin i gyd ac alla i ddim credu o hyd fel mae'n glynu wrth bopeth. Mae gwahanol fathau o goch iddo hefyd.

Ro'n i wedi meddwl y gallwn i drin Dewi Treharne fel dw i wedi trin rhai dynion eraill dros y blynyddoedd. Pan sylweddolais i nad o'n i'n gallu'i drin e, meddyliais y gallwn i adael y gwaith i 'mrawd. Ar y dechrau, dim ond rhyw hanner syniad oedd cael y ddau fastard i ladd ei gilydd. Ond do'n i ddim wedi meddwl beth fyddai'n digwydd wedyn. Ond os oedd 'na le i feddwl amdano wedyn y gegin oedd hwnnw, yng nghanol y gwaed a'r arogl marwolaeth. Dw i byth eisiau gwynto hwnna eto.

Dyw cyfle fel hyn ddim yn dod yn aml. Byddai'n anodd iddyn nhw ddadlau 'mod i ddim yn amddiffyn fy hunan. Gallwn gerdded i ffwrdd, ond roedd rhaid meddwl am Carol. O'n i wir eisiau dianc gyda hi? Efallai y byddai hi hefyd wedi bod yn gorwedd fan'na, tasai hi wedi bod yng nghanol y llanast yma pan gyrhaeddodd Dewi a Meic. Wedyn byddwn i wir yn rhydd. Yn ddyn rhydd go iawn, yn lle'r cysgod o ryddid ro'n i wedi bod yn ei fwynhau am rai eiliadau byr.

Heddiw roedd hi'n bosibl dechrau o'r newydd. Yn lle ffonio'r heddlu, ffoniais hi a dweud 'mod i'n mynd i gymryd ei holl dabledi cysgu ar yr un pryd. Rhoddais y ffôn i lawr yng nghanol brawddeg, a thynnu'r batri. Do'n i ddim wir yn poeni. Byddwn i'n trefnu popeth cyn iddi gyrraedd adref.